KB133223

별이 되고 싶었던
너와

별이 되고 싶었던
너와

차례

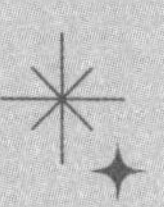

네가 별이 된 후로
얼마의 시간이 흐른 걸까…….
밤하늘에 반짝이는 별을 보면
생각나는 여름날의 추억이 있다.
푸른 하늘과 흰 구름,
밤하늘에 은하수가 드리워진 계절 속에
분명히 존재했던 청춘의 한 조각.
그녀는 말했다.
"나, 별이 되고 싶어!"
별이 되고 싶었던 그녀는 꿈을 이루었다.
지금도 이 밤하늘 어딘가에서
자신이 원했던 대로 모두를 바라보고 있겠지.
이 이야기는 별이 되고 싶었던 한 소녀와
그 소녀를 별로 만들어 준 한 청년의
어느 여름날의 이야기다.

제1장

별들이 서로 만났을 때

거문고자리의 '직녀성'과 독수리자리의 '견우성', 칠월 칠석에는 두 별이 만난다는 유명한 전설이 있다.

그래서 매년 7월 7일쯤엔 전국 각지에서 별 축제가 열린다.

7월 5일 토요일

오늘 열린 별 축제도 그 중에 하나였다.

와시가미 슈세이는 이번 축제의 하이라이트이기도 한

천체관측 체험 행사의 안내인으로, 공민관* 옥상에서 망원경으로 천체를 관측하는 방법과 별자리에 대한 해설을 담당하고 있었다.

사실 별로 내키지는 않았지만 이 별 축제가 돌아가신 할아버지의 뜻으로 시작된 거라는 말을 듣고 모른 척하고 있을 수만은 없었다는 게 슈세이의 솔직한 심정이었다.

"오빠, 이거 봐도 돼?"

그런 생각을 하고 있을 때 한 소녀가 슈세이에게 말을 걸어왔다.

"아, 응, 봐도 돼."

불꽃놀이 시간이 다가왔기 때문에 옥상에는 아무도 남아 있지 않았다. 슈세이는 소녀를 따라다니며 밤하늘 가득 빛나는 별에 대한 설명을 시작했다.

"신성**이 보일까?"

슈세이는 뜬금없이 나온 '신성'이라는 단어에 깜짝 놀랐다. 별에 대해 잘 아는 소녀인 걸까.

"신성? 아니, 오늘은 안 보일걸. 보기 쉽지 않거든."

* 일본의 주민자치센터. 주민의 복지와 교육 등을 담당한다.

** 희미했던 별이 폭발 등으로 갑자기 밝아졌다가 다시 서서히 본래 밝기로 돌아가는 현상.

"그렇구나… 어디 가면 볼 수 있으려나."

어디를 간다고 해도 쉽게 볼 수 있는 게 아니지, 하고 생각했지만 슬슬 옥상을 정리할 시간이기도 해서 특별히 따지지는 않았다.

"우와……."

소녀가 작게 탄성을 내뱉었다.

펑, 밤하늘에 꽃이 피더니 타닥타닥 하는 소리와 함께 희미해져 갔다.

불꽃놀이의 시작이었다.

슈세이는 그 불꽃놀이의 불빛이 어른거리는 소녀를 바라보았다.

사교성이 풍부하고 중학생 정도로 보이는 소녀였다. 어깨에 닿은 머리카락이 바깥으로 뻗쳐 있고 호기심 많은 고양이 같은 눈동자를 지닌 것이 인상적이었다. 탱크톱에 반바지라는, 외출복치고는 매우 가벼운 옷차림이었지만 태양이 뜨거운 여름임에도 피부가 창백해서 마치 한여름의 설녀인가 싶은 정도였다.

불꽃놀이는 끝날 기미가 보이지 않았다. 이렇게 되면 천체관측 체험 행사도 찾는 이가 없어 강제 종료나 마찬가지였다.

소녀는 웃는 얼굴로 슈세이를 올려다보았다.

"이제 가야겠다. 고마워, 오빠!"

그러고는 스마트폰을 꺼내 시간을 확인한 뒤 달려 나갔다.

"어, 저기……."

순간 소녀를 불러 세울 뻔했다. 슈세이의 목소리가 들렸는지 모르겠지만 소녀는 걸음을 멈추고 빙글 한 바퀴 돌아섰다.

"난 말이야. 별이 되고 싶어!"

소녀는 그 말만 남긴 채 '바이바이' 하고 손을 흔들더니 다시 달려갔다.

별 축제의 밤, 슈세이가 평생 잊지 못할 여름의 시작이었다.

7월 7일 월요일 저녁

"1년 만이네."

대학교 1학기 수업도 거의 끝나고 긴 여름방학에 접어들 무렵이었다.

별 축제가 끝난 후 와시가미 슈세이는 무언가에 이끌리듯 오랜만에 천문대를 찾았다. 작은 언덕 위에 세워진 직경 5m의 돔은 꽤 장관이지만 아는 사람만 아는 곳일 뿐이었다.

"작년에는 즐거웠는데……."

이곳은 사람들이 모여 꿈을 좇는 곳이었다. 그리고 할아버지 와시가미 타이요가 일생일대의 꿈을 걸고 세운 곳이었다. 슈세이는 그 꿈을 함께 좇고 있었지만, 지난해 부득이하게 멈추게 되었다. 할아버지의 급작스러운 죽음과 할아버지 동료의 배신 때문이었다.

지난 1년 동안 유지 보수를 하지 않은 채 방치된 천문대는 생기가 없어 보였다. 폐허까지는 아니지만 어딘가 어두운 그림자가 드리워져 있었다.

사람이 찾지 않는 건물은 급속히 낡아 간다. 마치 살아 있는 듯 세상에 존재하다가 어느 순간 덧없이 사라져버리는 것이다.

"이렇게 허물어지게 놔둘 수는 없지. 할아버지, 죄송해요."

마지막 순간, 말 한마디 주고받지 못한 채 눈 깜짝할 사이에 이별을 맞이했었다.

슈세이는 이 천문대의 모든 권리를 손자에게 물려주겠

다는 할아버지의 유언을 마음속에 간직하고 있었다.

아직 만 20살이 되지 않아서 소유권을 얻지는 못했지만 할머니께서 관리해 주신 덕분에 다행히 천문대는 그 명맥을 유지하고 있었다.

할아버지는 자신이 이루고 싶었던 꿈을 슈세이에게 물려주었다. 새로운 천체를 발견하겠다는 꿈. 결국 이루지 못하고 쓰러진 할아버지를 위해 슈세이가 할 수 있는 일은 그 꿈을 완성하는 것이었다. 그리고 이를 실현하기 위한 해답은 이 천문대에 있다.

그런 생각으로 오늘 이곳에 왔다. 만감이 교차하는 기분으로 문에 열쇠를 꽂은 바로 그때였다.

"어, 여기 사람이 있네? 말도 안 돼!"

갑자기 등 뒤에서 목소리가 들렸다.

"어?"

뒤돌아보니 거기에는 자전거를 탄 소녀가 있었다.

"앗, 오빠, 여기서 일하는 사람이야?"

갑자기 나타난 소녀는 부끄러워하는 기색도 없이 말을 걸어왔다. 어딘가 낯이 익었다.

소녀는 자전거에서 내려와 손으로 끌면서 슈세이에게 다가왔다.

“어, 너는…!”

“별 축제 때 봤던 오빠 맞지?”

그저께 만난 소녀였다.

“여기는 어떻게 온 거야?”

“나, 별이 되고 싶어!”

별 축제에서 헤어질 때도 했던 이 말이 인상에 강하게 남아 있었다.

“나를 별로 만들어 줄 수 있는 사람을 계속 찾고 있어. 여기라면 있지 않을까 싶어서 가끔 왔었거든. 항상 아무도 없었지만… 혹시 오빠는 날 별로 만들어 줄 수 있어?”

이상한 말을 하는 아이구나, 하는 생각과 동시에 흥미가 생겼다.

“내 이름은 고토사카 나사, 나사야! 미국항공우주국 NASA! 오빠는?”

“나? 아… 나는 와시가미 슈세이.”

“슈세이 군이구나! 잘 부탁해!”

나사는 여름 밤하늘에 유난히 빛나는 별자리 베가, 즉 직녀성처럼 환한 미소를 지으며 손을 내밀었다. 슈세이는 조금은 설레는 마음으로 그 손을 잡고 악수했다.

칠월칠석날 두 별이 만났다. 그 여름날 추억의 시작이

었다.

"우와, 멋진 망원경이다."

계속 밖에 서서 이야기하는 것도 불편할 것 같아 슈세이는 나사를 안으로 들였다.

이 천문대는 제법 큰 규모의 천문 관측 시설은 물론, 돔 바로 아래에 방 3개와 주방, 거실, 욕실 등 여느 가정집과 비슷한 주거 공간도 갖추고 있었다.

나사가 돔 안을 보고 싶어 했기 때문에 우선 관측실로 안내했다.

"이걸로 별을 보는 거야?"

"응. 이걸로 볼 수 있어. 오늘은 이걸 조정하려고 왔어."

"내가 여기 왔을 때는 항상 아무도 없었는데… 여기 슈세이 군의 천문대야?"

오늘 처음 만난 사이나 다름없는데도 나사는 슈세이를 '슈세이 군'이라고 불렀다. 만나자마자 살갑게 이름을 불러서 어리둥절하긴 했지만 슈세이도 내심 싫지는 않았다. 다만 조금 부끄러울 뿐이었다.

"여기는 우리 할아버지가 세운 천문대야. 여기서 새로운 천체를 찾기 위해 수색 활동을 했어. 작년까지는."

"작년까지? 지금은 안 하고?"

"응."

슈세이는 짧게 대답했다. 처음 보는 소녀에게 자신의 어두운 과거까지 말할 생각은 없었다.

"그럼 슈세이 군, 신성이라는 거 알지?"

"신성?"

슈세이는 나사가 천체관측 체험 행사 때도 신성을 보고 싶다고 말했던 것이 생각났다.

신성은 천체관측, 특히 신新천체 수색에 주력하던 슈세이에게 익숙한 단어였다. 다만 이렇게 어린 소녀가 신성에 대해 알고 있다는 것은 상당히 흥미로웠다.

"물론 알고 있지만… 그건 왜?"

"그러면 이 망원경으로 신성도 볼 수 있어?"

"신성이라… 지금은 그런 현상이 일어나고 있지 않으니 보기 힘들지 않을까."

"아, 진짜…?"

신성이라는 단어는 알지만 그것이 어떤 것인지는 잘 모르는 것 같았다.

신성이 우주 어딘가에서 매일같이 일어나고 있다고 해서 그것들을 모두 관측할 수 있는 것은 아니다. 그리고 현상 자체가 일어나지 않으면 세계 어느 하늘에서도 볼 수 없다.

"그보다 날이 벌써 어두워졌어. 자전거 타고 왔으면 이제 돌아가는 게 낫지 않을까? 중학생이 밤늦게까지 돌아다니면 위험해."

"나 고등학생이야! 17살! 무례해!"

"별로 달라지는 것도 없구먼."

"엄청 다르지! 중학생이랑 고등학생은 완전히 달라!"

나사의 첫인상은 완전히 중학생처럼 보였다. 여고생의 평균 키가 어느 정도인지는 모르지만 슈세이가 상상하는 고등학생에 비하면 나사는 조금 작아 보였다.

"그럼 이 망원경으로 다른 별도 볼 수 있어?"

그런 슈세이의 생각 따위는 개의치 않고 나사는 삐지기도 하고 웃기도 하며 몇 번씩이나 표정이 바뀌었다.

할아버지가 돌아가신 후 사람들과의 교류를 피해 온 슈세이도 나사의 구김 없는 성격에 호감을 느꼈다.

"응, 볼 수는 있는데 계속 방치해 뒀던 거라 조정은 필요할 것 같아."

"우와, 재밌겠다! 오늘 밤에 하는 거야?"

"응. 오늘 밤에 할 거야."

슈세이가 대답하자 나사는 호기심 가득한 눈을 반짝이며 말했다.

"그럼 나도 여기 있어야지! 어떻게 하는지 보고 싶어!"

"아니, 그건 안 돼. 내일은 평일이잖아. 학교는 어떻게 가려고?"

아무리 그래도 밤에 여고생을 이런 산속에 놔둘 수는 없다. 게다가 아직 서로 어떤 사람인지도 모르는데 자칫 잘못하면 문제가 될 수도 있다.

"괜찮아. 학교는 이제 방학이고, 부모님께도 내가 잘 말씀드릴게."

"벌써 방학이라니, 빠르네. 하지만 방학도 아닌데 방학이라고 하면서 밤늦게까지 놀러 다니는 애들도 있으니까 좀 믿기가 힘든걸."

"중학생은 어린애지만 고등학생은 어린애가 아니야!"

"둘 다 어린애야!"

"18살이면 결혼도 할 수 있으니까 어린애가 아니지!"

"별걸 다 아네. 하지만 너는 아직 17살이라고 하지 않았어? 그러면 아직 어린애지."

"애당초 아이와 어른을 나누는 기준이 뭐야? 앞으로 남은 날이 많으면 어린애고, 적으면 어른이야? 젊으면 어린애고, 나이 들면 어른이야?"

억지를 부리는 것 같지만 나사의 표정은 진지했다. 적

어도 슈세이의 눈에는 그렇게 보였다.

“일단 20살은 되어야 어른이라고 볼 수 있는 거 아닌가?”

“인생이 80년이라 치면 4분의 1, 그렇다면 나도 이미 어른인데.”

“그래, 뭐 20살까지라면 몇 년 안 남은 거긴 하네.”

“아니, 그런 뜻이 아니라… 음, 뭐, 됐어.”

나사는 조금 먼 곳을 바라보며 생각에 잠긴 듯했다. 그러나 어두운 표정은 곧 밝게 바뀌었다. 슈세이는 자신도 모르는 사이 그런 그녀에게 빠져드는 것 같았다.

‘뭐지…? 이 아이는 뭘까…….’

처음 만났을 때부터 묘하게 사람을 끌어당기는 매력이 있었다.

기본적으로 사람을 싫어하는 나와도 어색하지 않게 대화가 이어지는 걸 보면 특별한 녀석이구나, 하고 슈세이는 생각했다.

“잠깐만, 엄마한테 전화 좀 하고 올게.”

천진한 미소를 지으며 나사는 어느새 스마트폰을 꺼내 전화를 걸기 시작했다.

순식간이라 슈세이가 말릴 틈도 없었다.

"엄마? 나 오늘 별 보러 왔어! 집에는 내일 아침쯤 갈 것 같아! 어? 괜찮아. 왜, 내가 항상 가는 천문대 있잖아, 오늘은 여기에 사람이 있더라고. 별을 보여 주겠대!"

그런 말 한 적 없어, 하고 따지고 싶은 마음을 억누르며 슈세이는 신이 나서 어머니와 통화하는 나사를 바라보았다. 그러던 차에 나사가 스마트폰을 건네며 말했다.

"엄마가 오빠랑 얘기하고 싶으시대."

"뭐? 아니, 잠깐만…!"

17살밖에 안 된 딸이 대뜸 낯선 남자와 하룻밤을 같이 있겠다고 하면 보통의 부모들은 펄쩍 뛸 일이다. 그게 무슨 말도 안 되는 소리냐고 한소리 들을 게 뻔했지만, 거절할 틈도 없이 스마트폰을 손에 쥐여 주는 통에 어쩔 수 없이 통화하게 됐다.

"아, 저… 여, 여보세요……."

그다음 말이 나오지 않았다. 뭐라 변명할 말도 없는 일이었다.

그런데 귀에 들려온 말은 슈세이의 예상을 크게 벗어났다.

"갑자기 죄송해요. 나사 엄마입니다. 보니까 딸이 멋대로 말하는 것 같은데, 괜찮을까요?"

틀림없이 욕부터 듣게 될 줄 알았는데 의외였다.

"네? 아, 저는 상관없습니다만, 정말… 괜찮을까요?"

얼떨결에 나사가 원하는 대답을 해버렸지만 역시 그건 안 되겠지, 하는 생각부터 들었다. 일반적인 부모라면 절대 허락하지 않을 것이다.

"죄송하지만 성함을 못 들었네요. 저는 고토사카 나사의 엄마, 시즈쿠라고 합니다."

"아, 네. 와시가미 슈세이라고 합니다!"

"와시가미 씨군요. 오늘 나사를 잘 부탁드려요. 나사가 별을 보고 싶어 하는 것 같은데, 좀 보여 주실 수 있을까요?"

"저야 뭐, 부모님만 괜찮으시다면 문제없죠."

잘 부탁드립니다, 라는 말과 함께 통화는 끊겼다.

슈세이는 스마트폰을 든 채 잠시 서 있었다.

"봐 봐. 괜찮지?"

"그렇네……."

솔직히 다행이었다. 상당히 이해심이 많은 방임주의 부모구나 싶어 의아하기는 했지만 나사의 모습으로 보아 딱히 부모님과 사이가 나빠 보이지도 않았다.

게다가 이 소녀에게 끌리고 있다는 걸 슈세이는 이미

느끼고 있었다. 다만 나쁜 속셈 같은 건 없었고 그저 순수하게 나사와 별을 볼 수 있다는 사실에 마음이 설렐 뿐이다. 마치 할아버지와 매일 밤 별을 찾던 그날로 돌아간 것 같았다.

"할아버지… 역시 돌아오신 거예요? 할아버지가 오늘 저를 여기로 이끌어 주신 거예요?"

할아버지와 나사는 나이도 외모도 성별도 달랐다. 하지만 그 둘에게서 비슷한 영혼의 색이 느껴졌다. 게다가 그것은 슈세이의 영혼의 색과 잘 어울리는 것 같았다.

"응? 뭐라고?"

그 중얼거림을 듣고 되묻는 나사에게 슈세이는 작게 손을 가로저으며 화제를 바꾸었다.

"아니, 아무것도 아니야. 자, 그럼 우선 정리를 하려는데 도와줄래? 일몰까지는 아직 시간이 좀 남았거든."

"으엑, 적어도 에어컨은 켜자~"

"알았어, 알았어."

활기로 가득한 소녀가 방에 들어왔으니 환기도 이만하면 된 것 같았다.

"와, 덕분에 깔끔하게 정리했다. 고마워."

"그럼 알바비를 받아야겠어."

야무지게 내민 나사의 손바닥 위에 시원한 보리차 한 잔을 놓으며 슈세이는 "별 보여 주는 걸로 갚을게." 하고 맞장구쳤다.

"어쩔 수 없지. 그걸로 대신하게 해 줄게."

컵을 받은 나사는 보리차를 맛있게 마셨다.

"이야, 땀 흘려 일하고 차가운 보리차 한잔하니까 왠지 열심히 산 것 같아서 좋네!"

"어휴, 아저씨 같은 소리를 다 하네."

"적어도 성별 정도는 맞춰 줘야 하는 거 아냐?"

"그럼, 아줌마?"

그런 가벼운 말들을 주고받았다. 만난 지 얼마 되지 않았는데도 이렇게 가깝게 느껴지는 건 나사의 성격이랄까, 태도 때문일 것이다. 슈세이는 친근하게 다가오는 나사가 어색했지만 이상하게 불쾌하지는 않았다.

여름은 일몰이 늦다. 별을 관측할 수 있을 때까지는 시간이 조금 남아 있었다.

슈세이에게 나사는 만난 지 얼마 되지 않은, 아직은 낯선 존재였다. 그래서 그녀를 안다고 할 수는 없었지만, 그래도 가끔 보이는 멍한 표정이나 어두운 분위기의 배경이 궁금했다.

그런 생각을 하며 나사에게 궁금했던 것을 물었다.

"너, 별이 되고 싶다고 했었지?"

"응? 아, 기억하고 있었구나! 그냥, 천문대에서 사람을 만난 게 기뻐서 나도 모르게 나온 말이야."

'나, 별이 되고 싶어!'

별 축제 마지막 날과 아까 다시 만났을 때, 두 번이나 이야기했던 그 말은 꽤나 인상 깊었다.

'별이 된다.'

스타덤에 오른다는 의미도 있지만 일반적으로 '별이 된다.'라고 하면 죽음을 의미했다.

"근데 신성이 별의 마지막 모습인 거지?"

나사는 슈세이의 질문에는 제대로 대답하지 않고 또 '신성'이라는 단어를 꺼냈다. 나사가 왠지 대답을 피하는 것 같았지만 슈세이는 일단 나사의 질문에 답했다.

"별의 마지막 모습은 초신성이야. 신성은 별의 표면이 급격하게 폭발하는 현상이라 메커니즘이 좀 달라."

"그렇구나……."

간단히 설명해 주자 나사는 흥미로운 듯이 들었다.

"아참, 작년에 이 동네에서 누가 뭘 발견했다고 하지

않았었나? 별의 마지막 폭발인가 뭐라고 했던 것 같은데. 그럼 그게 초신성이었나?"

그 말을 듣자 슈세이는 위장이 욱신거렸다.

지금 여기서 그 이야기가 나올 줄이야, 슈세이는 몸이 떨려 오는 것을 느꼈다.

"앗, 슈세이 군. 갑자기 왜 그래?"

"아, 아냐. 아무것도 아니야."

나사에게 쓸데없는 것까지 말하고 싶지는 않았다. 진실을 말할 엄두가 나지 않았던 것일지도 모르겠다. 무슨 말을 해 봤자 지금은 패배자의 변명으로밖에 들리지 않을 테니까.

"맞아. 그건 초신성이었어."

"그렇구나. 그럼 나 잘못 알고 있었구나… 그래도……."

자신이 착각했다는 걸 순순히 받아들인 나사는 다시 목소리를 높였다.

"그런 거였구나. 초신성이 별의 마지막이구나… 마지막은 눈부시게 찬란하구나!"

"드라마틱한 마지막이라고 생각해. 저기, 오리온자리 알지?"

"응, 알아!"

오리온자리는 대표적인 겨울철 별자리로, 별을 잘 모르는 사람이라도 이름 정도는 들어 봤을 것이다.

"오리온자리의 오른쪽 어깨 부분에 있는 붉은 별을 '베텔게우스'라고 하는데, 그 별은 언제 초신성 폭발을 해도 이상하지 않다고 해*."

"그렇구나."

"물론 지금 당장 폭발해도 그 빛이 지구에 도달하기까지는 약 700년이 걸리지만."

"와, 그렇게나 오래 걸려?"

"우주의 거리는 광년, 그러니까 빛의 속도로 어느 정도 걸리는지로 나타내니까. 베텔게우스에서 지구까지 그 정도 걸린다는 거야. 물론 이것도 정확하다고 할 수는 없어. 정확한 거리는 아무도 모르거든."

"우와, 역시 우주란 대단한 것 같아."

"그래서 재미있는 거지."

우주라는 공간은 언제나 인지를 초월한다. 새로운 발견이 있을 때마다 새로운 이론도 생겨나므로 인류가 우주

* 2019년 10월부터 2020년 3월까지 베텔게우스가 빛을 잃고 급속히 어두워지자 천문학계에서 이를 초신성 폭발의 전조로 보았으나, 이후 다시 밝기를 회복하자 이를 폭발의 전조가 아닌 먼지구름이 빛을 가려 일시적으로 어두워졌던 것으로 추정했다.

에 관해 아는 것은 극히 일부에 불과하다.

그렇기 때문에 천문가는 이 미지의 세계에 낭만을 품는다. 슈세이도 그 세계에 매료된 사람들 중 하나였다.

"그게 초신성이라는 거구나… 멋지다! '나 여기 있었어!' 하고 빛날 수 있다는 게 멋져."

책상에 팔꿈치를 괴고 손바닥에 턱을 얹은 채 나사는 보이지 않는 하늘을 우러러보고 있었다.

"나 초신성이 보고 싶어졌어. 찾아보자!"

"초신성은 보고 싶다고 그렇게 쉽게 찾을 수 있는 게 아니야."

세계 각지에는 신천체를 쫓는 헌터가 셀 수 없이 많다. 그중에는 혼자서 신천체를 여럿 발견한 프로 헌터도 있지만 대부분의 헌터들은 평생 하나를 발견하기도 어렵다.

그러니 슈세이에게 그 기회가 두 번이나 온다는 것은 쉬운 일 같지 않았다. 그렇기 때문에 지난 1년을 그 꼴로 보냈던 것이다.

"찾아보려고 해도 너는 쉽지 않을 거야. 아직 전문 지식이 없으니까."

"그 '너'라는 호칭 별로야!"

나사가 대뜸 이렇게 말했다.

"나에겐 나사라는 이름이 있는데 그냥 '너'라고 하면 누군지 모르잖아. 내가 이름 제대로 알려 줬지?"

"그래, 그럼 뭐라고 부르라는 거야?"

애당초 여자와 이렇게 길게 대화할 일이 거의 없었던 슈세이였다.

"나사라고 불러 줘. 나도 슈세이 군이라고 부르잖아. 이름은 중요해. 그 사람이 여기 있다는 증거니까."

"여기 있다는 증거?"

"응. 이름으로 불러 주지 않으면 내가 여기 있었다는 걸 증명할 수 없잖아. 지금 여기에 있는 건 '너'가 아니야. 나는 '고토사카 나사'라는 사람이라고."

나사가 말하는 뜻을 이해할 수 없는 건 아니었다. 그렇다, 이름은 중요하다.

할아버지는 나에게 '할아버지'였고 그렇게 불렀었다. 할아버지의 아내인 할머니도 이웃들도 모두 할아버지라 불렀다. 연세가 있으니까 그랬을 수도 있지만 천문 동료들은 그를 '타이요 씨'라든가 '와시가미 씨' 같은 이름으로 불렀는데, 그때마다 할아버지는 기뻐하셨다.

그렇다, 이름은 중요하다. 이름은 그 사람이 거기 있다는 증거였다. 슈세이보다 어린 나사가 그것을 상기시켜

주었다.

그렇지만 왠지 부끄러운 건 사실이었다. 여자아이를 다정하게 이름으로 불러 본 적이 없었기 때문이다.

"그럼, 나사짱은 어때…?"

"짱? 완전 어린애 취급이네."

"여자친구도 아니면서 이것보다 더 다정한 호칭은 힘들어. 이거면 됐지."

"말은 그렇게 해도 사실 여자친구 사귀어 본 적 없지?"

"뭐…?"

정곡을 찔렸다. 여자아이한테 직접 그런 말을 듣다니, 꽤 충격적이었다. 여자친구가 없는 사람은 가치가 없다는 건 아니지만, 실제로 여자친구가 있던 적은 단 1초도 없었기 때문이다.

"그, 그럼 너는 어떤데?"

"어? 어린애한테 그런 걸 묻는 거야?"

"……."

슈세이는 입을 다물었다.

"아하하! 슈세이 군, 지금 진지하네! 나도 솔로 경력 17년이니까, 동지야!"

왠지 나를 놀리고 있다는 느낌을 지울 수 없었지만, 조금 안심이 되기도 했다. 나이 어린 나사에게마저 연애 경험이 뒤처진다면 꽤 절망적일 것 같았기 때문이다.

요즘은 고등학생은 물론 중학생도 여자친구, 남자친구가 있다는 말이 들려오는 세상이었으니 슈세이로선 그들의 소통 능력에 감탄할 수밖에 없었다.

"그런데 신성이나 초신성 같은 건 왜 그렇게 보고 싶어 하는 거야?"

처음에 나사가 보고 싶다고 했던 것은 신성이었는데 아마 예전에 뉴스에서 본 초신성을 신성과 헷갈렸던 모양이다. 그것을 알게 되자 이번에는 초신성을 보고 싶다고 말하기 시작했다.

이 소녀는 왜 이리도 그것에 집착하는 걸까.

"나 있잖아, 별이 되고 싶어!"

나사는 그때 했던 말을 또다시 되풀이했다.

"별이 되고 싶다고…? 왜?"

겨우 처음에 했던 질문으로 돌아왔다. 슈세이로서는 무척이나 궁금했던 것이었고, 그것이 처음 만난 나사를 이곳에 들인 이유라고 해도 좋았다.

하지만 나사는 그런 슈세이의 마음을 알지 못한다는 듯 관자놀이 주변에 검지를 댄 채 이야기를 계속했다.

"음, 하늘은 언제나 같은 자리에 존재하잖아? 거기에 갑자기 밝은 별이 나타난다면 분명 모두가 기억해 줄 테니까. 그래서 신성이 되고 싶다고 생각했었어."

나사는 눈동자를 빛내며 말했다. 그것은 슈세이가 잘 아는 눈빛이었다. 할아버지도, 그리고 분명 자신도 우주에 관해 이야기할 때 보였던 눈빛이었기 때문이다.

"그렇지 않아?"

"뭐, 확실히 그럴지도 모르지."

신천체는 발견하는 순서대로 번호가 매겨져 천문학 역사에 기록된다.

특히 밝게 빛난 신성, 초신성, 혜성 등은 일반인에게도 화제가 될 수 있고 책에 실리기도 한다.

누구나 하늘을 올려다볼 수 있으니 인상적인 사건들은 많은 이들의 기억에 남을 것이다.

"나도 신성이나 초신성처럼 누군가의 기억에 남을 수 있게 살고 싶어. 아까 얘기를 들으니까 초신성은 특히 더 매력적인 것 같아. 마지막으로 뿜어내는 최후의 빛이라는 게 로맨틱하잖아. 그래서 꼭 보고 싶은 거야."

"그렇구나."

나사는 17살치고는 꽤나 인생에 달관한 사람처럼 말했

지만 초신성 폭발의 화려한 최후에는 확실히 일종의 낭만이 있었다. 그동안 아무도 모르던 별이 자신의 존재를 과시하듯 눈부시게 빛나며 끝을 맺으니까. 그리고 그 빛은 무수한 시간을 거쳐 지구에 닿는다.

마치 평생을 수수하게 살아온 인간이 마지막을 화려하게 꽃피우는 듯한 로맨티시즘이 느껴진다.

그렇다고는 하지만 그녀는 아직 앞길이 창창한 17살이었다. 별난 아이인 것 같다는 인상이 더 강해졌다.

"초신성 자체는 지금 볼 수 없지만 초신성 잔해라면 여름철 은하수에도 있긴 해."

"정말? 눈으로 볼 수도 있어?"

"아… 맨눈으로는 조금 힘들고."

"눈에 안 보이면 거기 있다는 걸 어떻게 알아?"

과연 나사는 천문에 관한 전문 지식은 없는 것 같았다. 단지 보고 싶다는 마음만 가지고 있구나, 하고 이해했다.

"천체 사진 본 적 있어?"

"응! 좋아하는 사진도 있어."

예전과 달리 인터넷에서도 허블우주망원경으로 찍은 멋진 사진을 볼 수 있는 세상이니 나사도 그런 걸 찾아봤겠지, 하고 슈세이는 고개를 끄덕였다.

"그건 특수한 촬영 기법으로 빛을 모아 찍은 거야. 인간의 눈은 빛을 모아 둘 수 없지만 카메라는 할 수 있으니까. 그래서 우리 눈에 보이지 않는 어두운 천체도 카메라로는 찍을 수 있는 거지."

"흠… 잘 모르겠어."

"그럴 거야."

카메라에 대해 잘 알아야 이해가 되는 내용이었다. 밤하늘을 찍을 때 플래시를 터뜨리는 사람도 있을 만큼 일반인들은 천체관측에 대해 잘 알지 못했다.

"보일지는 모르겠지만 일단 한번 시도해 볼래?"

"진짜? 응!"

많은 천문가들은 소망을 담아 먼 곳을 바라본다. 하지만 나사는 왠지 그보다 더 먼 세계를 생각하고 있는 것 같았다. 기분 탓일 수도 있겠지만 슈세이는 그런 나사의 말들이 계속 신경 쓰였다.

"우와……."

천문대 돔의 열린 슬릿 사이로 내리비치던 햇살이 어느덧 저물어 가는 게 보였다. 지평선에 걸쳐진 짙은 빨강이 하늘 쪽으로 갈수록 점점 짙푸른 색으로 그러데이션 되어 가고 있었다. 옅게 남은 햇빛이 하늘을 장식해 가는 경치는 천문가의 마음을 설레게 하는 신비로운 광경이었다.

나사는 그것을 바라보고 있었다.

"대단해! 빨려 들어갈 것 같아! 이제 곧 밤이네."

"노을… 처음 보는 건 아니지?"

"천문대 돔 사이로 보는 건 처음인데! 뭐랄까, 이 틈새로 보는 노을빛은 꽤 색다르달까."

살짝 볼을 부풀리는 표정도, 동경의 눈빛으로 하늘을 바라보는 눈동자도 생기가 넘쳤다.

하지만 나사의 옆모습에는 어딘가 저 멀리 보이는 신기루 같은 그림자가 따라다니고 있었다.

'설마 여름이라고 초신성 한번 보는 것에 목맨 귀신이 붙은 건 아니겠지? 그래, 그럴 리가 없지…….'

그런 엉뚱한 생각이 뇌리에 스친 것도 한순간이었다.

오랜만에 쾌청한 밤하늘 아래에서 만난 천문대의 주 망원경에는 여전히 할아버지의 영혼과 자신의 꿈이 담겨 있는 것 같아 슈세이는 마음이 설렜다.

그 장비는 거치식 망원경인데 대부분 전자제어로 움직여서 조작 방법만 이해하면 세팅 과정은 그리 어렵지 않았다.

"오오."

슈웅— 하고 모터의 시원한 구동음이 돔 안에 울려 퍼졌다. 나사는 슈세이가 망원경을 세팅하는 과정을 신기한 듯 지켜보고 있었다.

"한동안 사용하지 않았으니 우선 오늘 날짜와 시간을 설정해야 해. 그리고 별 하나를 골라 봐. 뭐가 제일 마음에 들어?"

"음, 저기 밝은 거!"

나사가 동쪽 하늘에 유난히 밝게 빛나는 별을 가리켰다.

거문고자리의 베가였다. 견우직녀 설화의 직녀성이기도 한 베가는 여름하면 떠오를 만큼 이 계절에 딱 보기 좋은 별이다.

관측 장비에 베가를 입력하니 망원경이 자동으로 그쪽으로 움직였다.

"우와, 이렇게 빨리 움직이다니! 정말 멋진 망원경이다!"

"신기하지? 나도 이거 보는 거 좋아해."

이윽고 망원경은 천천히 움직임을 멈췄다. 전자 촬영용으로 설정된 망원경들은 보통 눈으로 들여다보는 부분에 디지털 촬상소자를 갖춘 천체 전용 카메라가 달려 있어서 천체의 모습을 모니터를 통해 영상으로도 볼 수 있었다.

"우와, 이게 베가야?"

"응. 근데 지금은 베가가 중심에서 살짝 벗어나 있으니 이걸 가운데로 오게끔 조작한 뒤 적경과 적위를 망원경에 입력하면 돼. 이렇게 별 2개만 더 작업하면 일단 오케이야."

"우와! 작은 별도 이런 망원경으로 보니 뭔가 대단해 보이는걸."

베가는 망원경으로 아무리 확대해 봐도 점처럼 보일 만큼 지구로부터 멀리 떨어져 있는 항성 중 하나다. 그러나 태양과 같이 유난히 밝게 빛나며 존재감을 드러냈다.

슈세이는 얼라인먼트라고 불리는 초기 설정을 위해 나머지 2개 별의 적경과 적위도 빠르게 입력했다.

"자, 이제 초신성의 잔해가 보이려나."

"보이면 좋겠다!"

초신성 잔해인 백조자리의 망상성운. 이 성운은 기원전 3,600년경에 폭발한 별의 흔적이라고 한다. 희미해서 맨눈으로는 보기 어렵지만 유독 어두운 날 쌍안경 등을 사용하면 볼 수 있다.

"NGC 6990이면 되려나?"

슈세이가 입력한 적경과 적위에 따라 망원경은 백조자

리 은하수 쪽으로 향했다.

"근데 이 망원경은 확대율이 너무 높아서 잔해가 찍힌다 해도 못 알아볼 수도 있어."

"아, 정말?"

망원경이 목표 지점에서 멈추자 모니터에 성운이 나타났다.

"와, 이게 뭐야? 아지랑이 같아!"

"달이 밝은 것치고는 생각보다 잘 보이네."

오늘은 월령*이 11.7이다. 성운을 보기에 적합한 하늘이라고는 할 수 없지만 전자관측에서는 사람의 눈보다 더 많은 빛을 저장할 수 있기도 하고 감도를 증폭하거나 불필요한 빛을 차단할 수 있어 안시관측**보다는 잘 보인다.

"실제로 올려다보면 안 보여?"

"응. 맨눈으로 이렇게까지 보기는 힘들어."

"오오, 그렇구나."

컬러풀한 천체 사진만 본다면 상상이 잘 안 되겠지만 실제로 망원경으로 보면 옅은 녹색으로 흐릿하게 보여서

* 30일 주기로 돌아가는 달의 시간을 나타낸 것. 1에 가까우면 초승달, 15에 가까우면 보름달, 30에 가까우면 그믐달의 모습이다.

** 아무 장비 없이 맨눈으로 천체를 관측하는 것.

뭐가 뭔지 구분할 수 없는 것들이 대부분이다. 사진에서 볼 수 있는 세밀한 구조는 꽤 큰 망원경으로 보는 게 아니면 보기 어렵고, 본다고 해도 본래의 색깔까지는 좀처럼 보기 힘들다.

심지어 빛이 옅은 천체 같은 경우는 보려면 약간의 요령도 필요했기 때문에 슈세이는 아마 나사가 보더라도 별로 재미없어 하겠지, 하고 생각했다. 그래서 관측 체험에서 보여 주는 건 대개 달이나 행성이었다.

조금 아쉬워하면서도 나사는 모니터 안에서 흔들리는 망상성운에 꽂혀 있었다. 대기 흔들림에 의한 것이지만 마치 성운 자체가 흔들리는 것처럼 보이기도 했다.

"뭔지 잘은 모르겠지만 자꾸 봐도 질리지가 않네. 아까 베텔게우스가 지금 폭발하면 700년 정도는 지나야 볼 수 있다고 했잖아. 그럼 이 성운도 그래?"

"그렇지. 오차는 있지만 망상성운은 대략 1,600광년 정도 떨어져 있으니까 지금 보고 있는 모습은 1,600년 정도 전의 모습인 셈이야."

"신기하다. 옛날 모습이구나."

천문학적으로는 당연한 일이었지만 관념적으로는 이상한 감각일 것이다. 우주에 매력을 느낀 천문가의 상당

수는 이런 신기함 때문에 흥미를 느꼈다고 해도 무방했다. 슈세이 역시 그랬으니까.

일상생활에서 측정할 수 없는 스케일의 크기, 그것이 우주의 매력이다.

"초신성의 잔해는 사진으로 보면 잘 알 수 있어. 봐 봐."

"우와!"

슈세이는 인터넷에서 망상성운 사진을 찾아 나사에게 보여 주었다.

광각 렌즈로 찍은 사진을 보면 고리 모양으로 퍼져 있던 성운이 조그맣게 끊어진 것을 볼 수 있었다. 고리의 중심을 보면 과거 별이 존재했다가 폭발했다는 걸 쉽게 상상할 수 있었다.

"멋지다! 이거 찍을 수 있어? 지금 찍을 수 있는 거야?"

"아주 똑같이 찍을 수는 없지만, 뭐 비슷하게 찍을 수는 있어. 하지만 얘는 너무 큰데다 오늘은 달이 밝은 편이라서 다음에 제대로 찍어 보자."

"다음에? 좋아! 약속이 많아야 열심히 살 수 있으니까."

"하핫, 뭐라는 거야."

"헤헤, 아니야, 그냥 그렇다고!"

이런 말을 주고받으며 슈세이와 나사는 그날 밤 여름

철 단골 천체인 석호성운과 삼렬성운, 2개의 별이 아름답게 빛나는 알비레오, 거문고자리의 고리성운과 작은여우자리의 아령성운 등 많은 천체를 바라보았다. 45cm 망원경이 그 위력을 고스란히 발휘했다.

"여기에서도 여러 가지를 볼 수 있구나. 몰랐어. 우리 머리 위에 이렇게 신기한 세상이 있다니……."

나사는 꿈꾸는 듯한 표정으로 처음 보는 천체를 즐기고 있었다.

슈세이는 예전부터 사람들에게 별 보여 주는 걸 좋아했다. 다른 사람이 즐거워하는 모습을 보면 덩달아 기분이 좋아졌다.

"조금이라도 우주를 느낄 수 있었다면 나로서는 기쁘지."

"느꼈어! 우주는 정말 대단한 것 같… 콜록! 콜록!"

한껏 들떠 있던 나사가 갑자기 기침을 하기 시작했다.

"콜록! 잠깐만, 아, 깜빡했다……."

"엇, 괜찮아?"

"미안해. 감기 기운이 있어서… 잠깐 약 좀 먹고 올게!"

나사는 콜록거리며 아래층으로 내려가더니 몇 분 후에 돌아왔다. 아직 기침을 하긴 했지만 약이 들었는지 금방 가라앉았기 때문에 슈세이도 크게 신경 쓰지 않았다.

별을 실컷 본 뒤에 나사는 졸음이 쏟아지는지 침실에 들어가 잠이 들었다. 그 후 슈세이는 원래 하기로 했던 장비 점검을 하느라 바빴고, 정신을 차려 보니 아침이 차려져 있었다.

"다음에는 망상성운을 찍고 싶은데. 언제쯤 찍을 수 있어?"

아침 식사 때 나사는 즐거운 듯이 말했다. 이렇게 되면 연락처를 주고받는 건 자연스러운 일이었지만 슈세이는 약속이 아니더라도 왠지 모르게 나사를 다시 만나고 싶다고 생각하며 나사와 라인 아이디를 교환했다.

나사는 슈세이의 연락처를 확인하고 만족스러운 얼굴로 전기자전거를 타고 돌아갔다.

이제 와서 생각하니 7월 7일, 어젯밤은 인연이 이어지는 은하수 다리 위에서 견우와 직녀가 만나는 날이었다.

7월 8일 화요일

✉망상성운 말야. 언제 찍을 거야? 나 시간이 얼마 없어서 빨리 찍어야 해!

점심 무렵, 나사가 득달같이 메시지를 보내왔다. 고작 하루가 지났을 뿐인데 벌써 이렇게 재촉하다니.

✉성격 한번 급하기는. 망상성운을 찍으려면 장비를 꺼내야 해. 그렇지만 네 말대로 지금 서두르지 않으면 여름 촬영 시기를 놓치겠네.

그러나 보름달이 되어 가는 시기라 지금은 성운을 촬영하기에 달이 너무 밝아서 적합하지 않았다. 빛의 파장을 골라서 성운만 비추는 내로우 밴드narrowband라는 기법이 있지만 초보자인 나사에게는 그다지 적합하지 않을 것이다. 다음 신월*은 7월 25일 금요일이었다.

✉지금은 달이 밝기 때문에 이번 달 25일이나, 아무리 빨라도 달이 늦게 뜨는 19일은 되어야 할 거야.

그렇게 답장하자 바로 몇 초만에 답장이 왔다.

✉엇, 그렇게나 많이 기다려야 해? 그럼 난 죽을지도 몰라!

이런 뒤숭숭한 메시지 뒤에 귀여운 이모티콘이 붙어 있었다.

✉그럼 그때까지 별에 관해 좀더 공부하고 싶으니까 또 놀러 갈게!

* 달의 30일 주기가 시작되는 날.

나사가 별에 매료된 듯한 모습을 보이자 슈세이는 내심 기뻤다. 다만 동시에 그녀의 보디가드 역할도 해야 할 것 같았다.

✉나는 기본적으로 천문대에 항상 있으니까 오기 전에 라인으로 연락 한번만 줘.

나사한테서 ✉좋아! 라는 이모티콘이 돌아왔다.

7월 11일 금요일

오늘 밤은 보름달이 떴다.

하늘은 맑았지만 밝은 보름달이 비추고 있어 다른 별은 드문드문 겨우 보일 정도였다.

"이렇게 보니 달이 꽤 밝구나. 신경 쓴 적이 없어서 몰랐네."

나사는 창문으로 달을 올려다보며 평소보다 별이 적은 하늘을 바라보고 있었다.

"저게 태양이랑 같은 크기야?"

"눈으로 보이는 크기는 그렇지."

나사는 기억력이 좋다. 슈세이가 말한 별 이야기를 똑

똑히 기억하고 있었다. 달의 크기에 대한 이야기는 얼마 전 개기일식 얘기를 했을 때 나온 것이었다.

달이 태양을 가려 생기는 아름다운 진주빛 코로나*를 맨눈으로 볼 수 있는, 환상적인 개기일식은 고작 몇 분밖에 볼 수 없다. 그것도 특정 장소에서 많아야 1년에 두 번, 그조차도 때가 안 맞으면 몇 년을 기다려야 한다.

천문가들은 날이 아무리 맑다고 해도 볼 수 있을지 없을지 확신할 수 없는 그 현상을 보기 위해 부지런히 움직인다.

"일식 한번 보고 싶다. 일부만 가려지는 건 초등학생 때 본 적이 있긴 하지만."

나사는 우주의 신비함과 천체 현상의 매력에 완전히 빠진 것 같았다.

나사는 이곳을 찾지 않는 동안에도, 고등학생이 된 기념으로 부모님이 사 주셨다는 노트북으로 천체에 대해 이것저것 검색해 보고 모르는 게 있으면 슈세이에게 라인 메시지로 물어왔다.

슈세이는 어느덧 나사가 묻는 것들에 대해 정확하게

* 태양의 대기 가장 바깥층에 있는 엷은 가스층으로 개기일식 때 맨눈으로 볼 수 있다.

답해 주는 편리한 우주 사전 역할을 하고 있었다.

"개기일식은 웬만해선 일어나지 않으니까 여기 근처에선 2035년까지 볼 수 없어. 보려면 해외로 나가야 하는데 그래도 다음 개기일식까지 1년은 더 있어야 해."

"1년이나 걸리는구나……."

나사는 상상할 수 없는 시간이라는 듯한 얼굴로 어딘가 먼 곳을 바라보고 있었다.

또다시 나사가 짓는 그 표정에 슈세이는 빠져들었다.

17살치고는 앳돼 보이는 나사였지만 간간이 보여 주는 그 표정과 분위기는 슈세이의 마음을 사로잡고 말았다.

"같이 일식을 보러 갈 수 있으면 좋겠다."

"그러게… 하지만 일식을 보러 가려면 돈이 많이 들거야."

"얼마나?"

"그린란드나 아이슬란드 근처까지 가야 하니까 10만 엔은 넘게 들지 않을까?"

금액 이야기를 듣고 나사는 곤란하다는 표정을 지었지만 그것도 한순간이었다.

"괜찮아. 살아만 있으면 돈은 벌 수 있어!"

"너 돈이 얼마나 무서운지 알고 말하는 거야?"

"너라고 부르는 거 금지야, 슈세이 군! 나는 나사라니까. 이름이 얼마나 중요한데."

나사는 슈세이의 '너'라는 호칭에 역시나 화를 냈다.

물론 이름이 중요하다고는 생각하지만, 아무리 그렇다고 해도 나사의 고집은 심상치 않았다.

"아무튼 이 천문대는 슈세이 군의 할아버지께서 지으셨다고 했던가?"

"응, 맞아."

"슈세이 군의 할아버지는 어떤 분이셨어?"

"개구쟁이 같으셨어. 나의 가장 친한 친구였지."

"할아버지 성함은 어떻게 돼?"

"와시가미 타이요*."

너무나 직설적인 이름에 나사는 조금 놀란 것 같았다. 그러나 이내 납득한 듯 고개를 끄덕였다.

"타이요 씨구나, 멋있다. 모두를 비춰 줄 만한 이름이야!"

"아이고……."

한 번도 보지 못한 고인을 '타이요 씨'라고 부르는 나사였다.

"앗, 혹시 이분이 타이요 씨?"

* 타이요(太陽)는 일본어로 태양이라는 뜻이다.

"응."

선반 위에 놓인, 슈세이와 할아버지가 함께 찍힌 사진을 들고 나사는 물었다.

"미소가 멋진 분이시다. 표정도 엄청 즐거워 보이셔. 슈세이 군도 지금보다 더 잘생겼었네."

"그런가?"

아픈 곳을 찔린 슈세이는 어떤 표정을 지어야 할지 몰랐다.

그때는 꿈과 희망과 열정이 넘치는 나날을 보내고 있었다. 그때의 일만 없었다면 슈세이는 지금도 그 뜻을 이어가고 있을 것이다. 하지만 지금은 그렇지 않다. 천문대로 겨우 다시 발을 들이긴 했지만 그다음 단계로는 아직 나아가지 못하고 있었다.

"그건 그렇고 보통 사람들 같으면 할아버지라든가 할아버님이라고 부를 것 같은데 나사는 '타이요 씨'라고 불러주는구나."

"그럼. 이름은 중요하니까. 슈세이 군은 할아버지라 불러도 좋을지 모르지만 나한테는 '타이요 씨'야. 그게 타이요 씨가 여기 있었다는 증거가 돼."

아무렇지도 않게 한 그 말에 슈세이는 비교할 수 없는

감동을 느꼈다.

"그래, 확실히 '타이요'라는 사람이 여기 있었지… 잠깐 할아버지에 대해 이야기해 줄까?"

"응, 듣고 싶어."

슈세이는 자칫 덮어둔 채로 넘길 뻔한 그날의 일에 대해, 단어를 고르며 나사에게 말하기 시작했다.

지금으로부터 1년 전, 8월 16일 금요일

천체관측 중 쓰러진 할아버지를 병원으로 옮긴 다음 날, 슈세이는 정리를 위해 천문대를 찾았다. 할아버지의 상태는 한 치 앞을 알 수 없었지만 슈세이가 곁에 있어도 할 수 있는 일은 없었다.

그리고 무엇보다 궁금한 게 있었다.

할아버지가 쓰러져서 어수선할 때 들렸던 알람 소리. 그 알람은 소천* 시스템이 신천체로 의심되는 무언가를 발견했다는 신호가 틀림없었다.

* 망원경 등으로 일정한 범위를 전체적으로 관측하는 것.

신천체를 발견하기 위해 할아버지와 슈세이가 개발했던 소천 시스템이 울린 것이다. 물론 아직 완벽한 시스템은 아니어서 오작동이 잦았지만 그래도 알람이 울린 이상 확인은 해야 했다.

전원을 끄지 않았기 때문에 시스템은 계속 돌아가고 있었다. 슈세이는 경보를 확인했다.

"어? 이건……."

시스템 모니터에 나타난 것은 어젯밤과 그 전날 밤 촬영했던 은하를 대조한 화면이었다.

어젯밤 촬영된 NGC 247 은하 사진에 하나의 별이 체크되어 있었다.

"어? 잠깐만, 이거 진짜잖아!"

깊은 밤 남쪽으로 낮게 떠오르는 고래자리 끝에 위치한, 잘 알려지지 않은 은하에 분명히 여태까지 보지 못했던 별빛이 포착되어 있었다. 사진으로 봐야만 알 수 있을 정도였지만 은하의 밝기로 볼 때 실제로는 상당히 밝은 별이 거기에 있는 것이 분명했다. 외부 은하 나선팔 안쪽에 나타난 독특한 모양의 초신성이었다.

"진정하고 다시 한번 확인해 보자."

한시라도 빨리 보고하고 싶은 마음을 억누르며 슈세

이는 다시 한번 확인 작업을 했다. 노이즈가 아닌지, 혹시 이틀 전 찍힌 사진에만 촬영되지 않았던 별은 아닌지 등을 확인했다. 별 촬영은 기후 조건에 따라 결과물이 완전히 달라지는데 슈세이가 만든 시스템은 아직 완벽하게 검출하기 어려웠기 때문이다.

"아냐. 이건 진짜야… 진짜 초신성이야!"

몇 가지 확인 작업을 마친 뒤, 분명히 어젯밤 새롭게 나타난 신천체라 확증한 슈세이는 흥분해 떨리는 손가락으로 국립천문대에 전화를 걸었다.

"고래자리가 있는 은하 NGC 247의 나선팔 안에 초신성 같은 신천체를 발견했습니다! 발견 시간은 오전 3시 12분입니다. 데이터는……."

보통 새로운 신성이나 혜성을 발견하면 천구상의 좌표인 적경과 적위 정보를 전달하지만, 은하의 경우는 이미 명명된 것이기 때문에 관측 확인은 상대적으로 빠르게 이뤄진다.

유명한 은하라면 몰라도 이 천체는 좀 마이너하니 다른 관측자가 없을 가능성이 높다고 슈세이는 생각했다.

하지만 돌아온 것은 의외의 답변이었다.

"아, 그 천체는 오늘 오전 4시 14분에 보고가 들어와 있습니다. 좀 늦었네요."

"정말요? 아……."

단숨에 흥분이 가라앉은 슈세이는 냉정을 되찾았다.

"상당히 마이너한 은하고 그간 관측 보고가 들어오지 않았던 천체임은 확실합니다만, 제보자 분이 제2보입니다. 하지만 저희가 지금은 확인할 수 없어서 현재 밤 시간대인 외국의 관측소에 막 의뢰를 해 둔 상태입니다. 훌륭한 제보입니다. 일단 기록해 둘게요."

"감사합니다. 너무 아깝네요."

"저도 안타깝네요. 신천체를 제보해 주셔서 감사합니다. 또 무슨 일이 생기면 연락 주세요."

이것으로 보고는 끝났다. 어이없을 정도로 간단했다.

"젠장! 제2보라니!"

초신성 발견의 영예는 제1보만이 갖는다.

알람이 울린 건 분명 오전 3시 12분이다. 만약 그 순간에 바로 보고했더라면 틀림없이 제1보가 되었을 것이다. 하지만 거의 같은 시각에 할아버지가 쓰러지셔서 그럴 수 있는 상황이 아니었다.

만약 이것이 제1보였다면, 그래서 지금 병원에서 병마와 싸우고 있는 할아버지께도 알릴 수 있었다면, 위로가 되었을지도 모른다.

"아냐. 제2보라도 대단해. 지금까지 거둔 것 중 최고의 성과잖아."

처음 발견한 사람으로서의 영광은 누리지 못했지만 그래도 단독 발견으로 세계에서 두 번째라는 것은 대단한 일이었다. 게다가 할아버지가 쓰러지지 않았다면 틀림없이 제1보가 됐을 것이다. 환상처럼 사라졌지만, 어쩌면 최초 발견자는 할아버지와 슈세이였을지도 몰랐다.

슈세이는 자전거를 타고 급히 병원으로 향했다. 할아버지의 상태가 악화되어서 이제 마음의 준비를 해야 한다는 말까지 들었다. 빨리 전하지 않으면 할아버지는 더이상 손이 닿지 않는 곳으로 떠날지도 모른다.

90세가 넘어서도 정정했던 할아버지였기에 언제까지고 함께 별을 볼 수 있지 않을까 생각했다. 하지만 갑자기 아무 예고도 없이 그날이 찾아온 것이다. 그것은 죽음, 즉 삶이 끝난다는 의미일 것이다. 하지만 초신성에 대해 알려 드리면 할아버지는 다시 한 번 건강을 되찾으실 게 틀림없다고 믿으며 슈세이는 계속 페달을 밟았다.

병원에 거의 다 왔을 때 스마트폰이 울렸다.

내용은 예상할 수 있었다. 자전거로 가는 것보다 달리

는 게 더 빠르겠다고 판단한 슈세이는 자전거를 버리고 달리기 시작했다.

"할아버지!"

"슈세이! 왜 이리 전화를 안 받……."

할머니의 말이 다 끝나기도 전에 슈세이는 할아버지 앞으로 갔다.

이미 임종의 순간이 다가왔다는 걸 알 수 있었다.

"할아버지! 들리세요? 어제 발견 알람이 울렸잖아요! 초신성이었어요! 제2보요, 세계에서 두 번째라고요! 원래는 우리가 제1보였어요! 다음엔 꼭 제1보를 같이 따요! 할아버지! 대답해 주세요!"

슈세이는 할아버지의 귀에 대고 힘껏 외쳤다. 인간의 청각은 죽기 전 가장 마지막까지 기능한다고 한다.

의식도 흐릿하고 맥박도 약해져 있던 할아버지는 마지막으로 살짝 손을 들어 엄지손가락을 치켜세우고 떠났다.

삶과 죽음의 경계가 너무 덧없게 느껴졌다.

조금 전까지 이 세상에 있던 생명이 찰나에 어디론가 사라져버렸다. 그것이 어디로 사라졌는지는 아무도 모른다. 하지만 우주와 마주해 온 슈세이는 알 것 같았다.

할아버지는 우주 생명의 연결 고리 속으로 떠난 것이

라고 믿고 싶었다. 그렇게나마 상실감을 덜고 싶었다.

"할아버지…! 제가 무조건 찾을게요! 신천체를 찾아서 할아버지의 천문대 이름을 남겨 드릴게요! 꼭… 약속할게요……."

슈세이는 그대로 울음을 터뜨렸다. 그 후의 일은 기억이 나지 않았다.

곯아떨어져 있다가 정신 차려 보니 병원 대합실에 있었고, 할아버지의 장례식에 관한 이야기가 오가고 있었다.

"할아버지… 돌아가신 거구나……."

언젠가는 이런 날이 오겠지 하고 각오는 하고 있었다. 하지만 막상 그 순간이 닥치니 각오 따위는 아무 소용이 없었다. 상실감만이 남을 뿐이었다.

어릴 적 부모님과 함께한 기억은 잘 나지 않았다. 철들 무렵부터 조부모님 댁에서 자라며 아버지를 대신한 할아버지와 친구처럼 별을 쫓아온 슈세이였다.

할머니는 할아버지와 슈세이를 이해해 주는 좋은 조력자였고 슈세이는 지금도 할머니의 말씀을 잘 듣는다.

그런 할머니가 슈세이에게 이런 말을 전했다.

"할아버지가 손자와 많이 놀 수 있어서 즐거웠다고 하시더라. 고마워, 슈세이."

슈세이에게 할아버지는 단순히 할아버지가 아닌 친구와 같은 존재였다. 공동의 꿈과 목표를 가지고 함께 걸어갔던, 천진한 또래 친구와 같은 존재였다. 그러다 보니 학교 친구들보다도 더 가깝게 지냈다. 그랬던 분이 한순간에 사라진 것이다.

장례식이나 발인 절차는 어른들의 몫이어서 슈세이가 할 일은 없었다.

일단 집에 가서 좀 쉬고 나오라는 말에 집에 도착해 방으로 들어간 슈세이는 컴퓨터를 켜고 신천체 발견 속보 등을 익숙하게 체크했다.

"벌써 나왔네."

처음 제보된 초신성에 대한 소식은 여러 기관에 의해 관측과 조사가 끝나자마자 속보로 나온다. 그리고 그 시점에 최초 발견자의 이름도 나오는데…….

"엇?"

할아버지가 소속된 천문 동호회 멤버 중 한 명이자 어젯밤 천문대에 할아버지와 같이 있었던 사람.

'히로세 카즈야스'

최초 발견자에 그의 이름이 적혀 있었다.

이상했다. 할아버지의 천문대에 같이 있었던 사람이

얼마 지나지 않아 다른 장소에서 고래자리의 NGC 247 같은 마이너한 은하를 발견했다는 건, 어딘가 어색했다.

"설마…!"

슈세이는 순식간에 상황을 파악했다. 그렇다, 그가 가로챈 것이다.

신천체 발견 알람은 할아버지가 쓰러진 직후에 울렸었다. 그 후 히로세는 유난히 서둘러 슈세이를 쫓아내면서 정작 자신은 천문대에 남았었다.

"나머지는 내가 해 둘 테니까 너는 어서 가 봐."

그게 무슨 뜻이었는지 슈세이는 이제야 이해할 수 있었다.

혼자 남아 조사를 마치고 보고까지 했다고 계산하면 시간도 얼추 맞아떨어졌다. 국립천문대는 보고 시 관측 장소가 어디인지, 어떤 관측 기계를 사용했는지와 같은 자세한 내용은 묻지 않는다. 그런 건 나중에 취재를 하는 과정에서 확인되는 경우가 많아서 별로 중요시되지 않는다. 발견 보고와 발견된 천체의 좌표가 가장 중요했다.

슈세이는 곧바로 국립천문대에 전화를 걸었다.

"어제 초신성 건입니다만, 첫 제보자, 발견 시간에 저희 천문대에 있었던 사람입니다! 저희 시스템의 알람을 듣고 멋대로 가로챈 거예요!"

슈세이는 일의 경위를 두서없이 설명했다.

이건 있을 수 없는 일이다. 할아버지와 자신이 했던 피나는 노력이 뇌리를 스쳐갔다.

'사람이 쓰러진 상황에서 그럴 수 있다니 믿을 수 없었다. 너무 심한 거 아닌가?'

하지만 국립천문대의 대답은 슈세이가 기대하는 것이 아니었다.

정리하면 이랬다.

제보한 천체 정보만 정확하다면, 이외의 요인과 무관하게 접수된 순서에 따라 수리된다. 여러 사정이 있을 수 있다는 건 이해하지만, 그 보고가 가로챈 건지 아닌지에 대한 정밀 조사를 이쪽에서 할 수는 없다. 다만 당사자끼리 대화를 통해 합의한다면 최초 발견자를 변경하는 것은 가능하다.

슈세이는 감정을 주체할 수 없었다.

"젠장! 어떻게 이럴 수가 있어!"

말도 안 된다. 너무 불합리하다.

하지만 냉정하게 생각하면 신천체 보고를 받은 국립천문대 측의 잘못은 없었다.

잘못이 있다면 친하게 지냈던 동호회 동료가 쓰러진 상황에서 공명심에 사로잡혀 동료를 배신한 히로세라는 남자에게 있었다.

슈세이는 할아버지의 마지막과 초신성 발견 이야기를 간략하게 나사에게 말했다. 하지만 그 공로를 빼앗겼다는 말은 차마 할 수 없었다.

"그렇구나. 제2보였구나. 그건 아쉬울 만하지."

나사에게는 할아버지가 쓰러지셨을 때 발견한 초신성을 사정상 뒤늦게 신고했는데 안타깝게도 그보다 앞선 제보자가 있었다는 것만 얘기했다.

"그거 내가 작년에 뉴스에서 본 신성 얘기지?"

"신성이 아니라 초신성이지만 뭐 그렇지."

"초신성 이야기가 나왔을 때 알려 줬으면 좋았을 텐데!"

나사는 흥, 하고 뺨을 부풀렸다.

"말하는 걸 깜빡했어. 미안해."

슈세이에게도 여러 가지 사정은 있었지만 우선 솔직하게 사과했다.

"그렇구나. 이 천문대에서도 그 초신성을 찾았었구나. 이건 운명인 건가?"

"무슨 운명?"

"나 말이야. 슈세이 군을 만나고 나서 진지하게 우주에 대해 공부를 하게 됐거든."

"그건 알고 있지."

요 며칠간 나사와 메신저로 대화를 나눈 결과 그건 충분히 알 수 있었다.

"그런데 신천체에도 사람 이름을 붙일 수 있잖아? 예를 들면 혜성이라든가."

"응, 그렇지."

"내 이름을 우주에 남기고 싶다고 생각했어. 이름은 중요하니까."

"뭐라고?"

나사의 너무나 엉뚱한 발언에 슈세이는 퉁명스럽게 답했다.

우주에 이름을 남긴다는 건 분명 낭만적인 이야기다. 그래서 특히 아스트로 헌터astro hunter*들 중에는 혜성만을 쫓는 코멧 헌터comet hunter나 소행성을 집중적으로 찾는

* 천체관측가. 프로 관측가뿐만 아니라 스스로 행성을 관측하고 촬영하는 아마추어 관측가도 포함한다.

사람들처럼 한 가지 목표를 걸고 거기에만 몰두하는 일도 드물지 않았다.

"어떻게 하면 내 이름을 붙일 수 있을까? 나도 할 수 있을까?"

나사가 눈을 반짝이며 물었다. 물론 슈세이는 이미 그 질문의 답을 알고 있었다.

"천체에 이름을 붙일 수 있는 경우는 몇 가지가 있지만 기본적으로는 혜성을 발견하거나 소행성을 찾은 사람에게서 명명권을 얻어야 해."

슈세이는 천체 명명 규칙에 대해 나사에게 설명해 주었다. 혜성은 단순히 그것을 발견한 순서대로, 세 번째 발견자까지 발견자의 성을 붙이지만 소행성은 다소 복잡한 이유로 발견자 본인의 이름을 붙일 수 없었다.

"즉 나사의 이름을 붙이려면 혜성을 발견하는 수밖에 없어. 그렇게 되면 '고토사카' 혜성이 탄생하게 되는 거야."

"엇, 꼭 성이어야 해? 이름으로 남기고 싶은데. 성은 바뀔 수도 있잖아. 이름*이 중요해. 슈세이 군이 소행성을 찾아서 내 이름을 붙여 주면 되잖아."

* 일본에서는 보통 결혼하면 아내가 남편의 성을 따른다.

"왜 다른 사람을 통해 이루려고 해?"

"그게 내가 하는 것보다 시간이 덜 걸릴 것 같아서. 나는 시간이 없거든."

사람들은 다들 시간이 없다고 말하지만 무언가 이루기 위해선 거기에 들일 시간을 만들어야 하는 거라고 슈세이는 생각했다. 하지만 그 부분은 더 따지지 않고 이야기를 계속 이어 나갔다.

"소행성 찾는 건 쉽지 않아. 솔직히 초신성 찾는 것보다 더 어려울 것 같은데?"

"그래?"

과거에는 아마추어 천문가에 의해 소행성이나 혜성이 발견되는 경우가 많았다. 하지만 최근에는 인공위성의 자동 탐색 기술이 눈부시게 발전한 덕분에 그동안 발견되지 않았던 많은 천체들이 헌터들에게 발견되기 전에 인공위성에 의해서 먼저 관측되곤 했다.

다만 그래도 인공위성의 사각에서 지구로 접근하거나 어두운 곳에 있어 인공위성에 포착되지 않은 것들이 천문가들에게 발견되는 경우도 간혹 있었다. 가능성이 아주 없는 건 아니었다.

"그렇구나. 쉽지는 않겠지, 무슨 일이든."

좀더 말해 줄까 했지만 나사는 슈세이의 설명을 듣고 납득한 것 같았다. 다만 나사의 조금 아쉬워하던 얼굴이 슈세이의 기억에 강하게 남은 밤이었다.

7월 19일 토요일. 월령 23.7

드디어 나사와 약속한 날이다. 슈세이와 나사는 오늘 밤 초신성 잔해인 백조자리의 망상성운을 찍을 것이다.

슈세이는 전날부터 SCW라는 기상관측 사이트를 눈 빠지게 체크했다. SCW에서는 레이더로 관측한 구름의 모습을 예측도로 볼 수 있어 맑은 하늘이 중요한 천문가들에게 익숙한 사이트였다.

"이동 관측이 더 낫겠다."

천문가들이 직접 맑은 하늘 아래로 이동해 관측하는 것을 이동 관측이라고 한다. 소유하고 있는 천문대가 없는 천문가들에겐 익숙한 관측법이었다.

천문대를 가지고 있는 슈세이에게 이러한 이동 관측은 영 귀찮게 느껴지는 일이었지만 이번에는 나사가 제대로 사진을 찍을 수 있게 해 주고 싶었다.

"오랜만이네. 장비를 챙겨 볼까."

장비 운반을 위해서라도 천문가에게 차량은 필수였다. 할아버지가 연로하기도 해서 슈세이는 만 18세가 되자마자 면허를 따 두었다.

이동 관측을 하기 위해 차로 데리러 가겠다고, 나사에게 도착 예정 시간을 메시지로 전하자 ✉잘됐다! 드라이브! 라며 즐거워하는 듯한 답장이 곧바로 돌아왔다.

이동 관측용 장비를 싣고 빠트린 물건은 없는지 꼼꼼히 체크했다. 원정지에서 장비가 더 필요하더라도 현지에서는 구하기가 어렵기 때문이었다.

"배터리, 어댑터, 코드도 챙겼고 노트북, 카메라, SD카드… 또 뭐가 있지?"

관측하러 멀리 나가는 건 오랜만이라 슈세이는 시뮬레이션하면서 더블 체크를 했다. 나사가 카메라를 가져온다고 했지만 만약을 위해 서브로 하나 더 준비해 가기로 했다.

2시간 정도 걸려서 장비를 싣고 나니 차 트렁크가 가득 찼다. 최종 체크를 마치고 나사의 집으로 향했다. 어디에 사는지는 들었지만 실제로 가는 건 처음이었다.

멋스러운 집들이 즐비한 주택가에 들어서자 슈세이는

내심 놀랐다. 확실히 나사는 가정교육을 잘 받고 자란 티가 났다. 거리낌 없이 사람을 대하기도 하고, 자기보다 나이가 많은 슈세이에게 특별히 존댓말을 쓰지는 않았지만 평소 작은 행동이나 말투에서 느껴지는 분위기가 있었다.

그래도 예상을 뛰어넘는 고급 주택가이긴 했다.

"고토사카… 아, 여기구나."

알려준 주소에 걸려 있는 현판을 보고 차를 세운 뒤 나사에게 도착했다는 메시지를 보냈다.

✉지금 갈게! 라는 답장이 바로 왔고 곧 대문이 열렸다.

나사 뒤에 사람 그림자가 하나 더 보였다. 순간적으로 나사의 어머니라는 걸 알아챈 슈세이는 황급히 차에서 내려서 자세를 바로잡았다.

"아, 저, 그, 나사 씨의 어머니시군요! 처음 뵙겠습니다!"

"뭘 그렇게 긴장해, 슈세이 군. 그리고 이름은 중요하데도. 다시 한번 알려 줄게. 고토사카 시즈쿠. 우리 엄마야."

나사는 이름이 '거기에 그 사람이 있는 증거'라고 했다. 하긴 '나사의 어머니'가 고토사카 시즈쿠 씨를 가리킨다고 해도 호칭은 이름이 아니니까. 역시 부끄럽지만 나사의 생각도 존중하고 싶었다.

"음, 그럼 시즈쿠 씨라고 불러야 하는 건가……."

"네, 그렇게 불러 주세요. 와시가미 슈세이 씨 맞죠? 반갑습니다. 저번에는 전화로 실례가 많았네요. 나사가 제멋대로 구는 것 같아서요."

"앗, 아니요. 괜찮습니다. 그보다 따님을 하루 동안 빌려서 죄송했습니다."

통화할 때 들은 목소리는 차분하고 고상한 인상이었다. 실제로 만나 뵈니 그때와 비슷한 인상을 받았지만 표정이나 말투가 약간 그늘진 것 같았다. 나사의 천진난만하고 발랄한 분위기와는 대조적이었다.

"나사가 그러길 원하기도 했고, 슈세이 씨는 신뢰할 수 있는 사람이라고 했으니까요. 딸이 그렇게 말한다면 저도 믿어요."

"아, 감사합니다."

아가씨라 해도 될 나이의 딸이 남자와 단둘이서, 그것도 별을 보기 위해 보통 사람들이라면 찾기도 어려운 곳으로 자진해서 간다. 게다가 밀실이나 다름없는 자가용을 타고. 꿍꿍이속도 없었지만 이렇게까지 믿어 주니 슈세이로서도 그 믿음을 배신할 수 없었다.

"이거."

시즈쿠 씨가 내민 것은 한 장의 메모였다. 거기에는 핸

드폰 번호가 적혀 있었다.

"제 연락처입니다. 혹시 무슨 일이 생기면 연락 주세요."

"아, 네."

아직 미성년자인 여자아이와 함께 가는 것이다. 부모와 번호를 교환하는 건 당연하겠지. 슈세이는 시즈쿠 씨의 전화번호를 곧바로 등록하고 전화를 걸어 자신의 연락처도 남겨두었다.

"그럼, 나사, 잘 놀고 와. 슈세이 씨, 잘 부탁드립니다."

"네. 걱정하지 마세요."

슈세이는 시즈쿠 씨에게 가볍게 인사하고 나사에게 출발을 알렸다.

"다녀오겠습니다! 건강하게 돌아올게!"

엄마의 손을 잡으며 그렇게 말하는 나사를 보며 그건 당연하지, 라고 슈세이는 생각했다.

다만 신경이 쓰이는 것은 시즈쿠 씨가 얼굴은 웃고 있지만 표정이 어딘가 어두워 보였다는 점이다.

"이런 고급 주택가에서 살다니 좀 쫄았어. 나사, 공주님이었구나."

"헤헷, 열심히 사시는 건 아빠고 난 대단할 게 아무것도 없어. 슈세이 군도 대학생인데 이런 멋진 차를 가지고 있잖아."

슈세이의 차는 오프로드 사양에 사륜구동이어서 결코 저렴한 모델은 아니었기에 대학생이 갖기는 어려웠다.

"이 차는 할아버지 거야. 할아버지의 유산 중 하나랄까? 아직은 할머니 명의로 되어 있지만 내년부터는 내가 유지해야 해서 좀 걱정이야."

"그렇구나. 근데 타이요 씨 연세가 어떻게 되셨어?"

"만으로 92세였어. 그러고 보면 호상이었다고 생각해."

충분히 오래 사셨다. 그래도 하루만 더 사셨다면, 하고 계속 생각했다. 그럴 수 있었다면 히로세 같은 놈의 배신과 마주하는 일도 없었을 텐데.

하지만 나사에게 굳이 그런 말을 꺼내지는 않았다.

"92세에 이 차를 타셨다니. 꽤 멋있는 분이셨네."

"힙한 할아버지였던 건 확실해."

할아버지와 슈세이는 70년 이상 차이가 났지만 전혀 느끼지 못했다. 정말 친구처럼 함께 놀았다. 그랬던 할아버지의 손길이 남은 핸들을 잡고 우주에 이제 막 매료되기 시작한 나사와 함께 별을 보러 가는 것도 인연인가 하는 생각마저 들었다.

"카메라 가져왔지?"

"응, 가져왔어. 아무래도 자기 카메라로 찍고 싶잖아. 사실 아빠가 빌려준 거긴 하지만."

"혹시 아버님도 별 좋아하셔?"

"응. 내 이름 '나사'인걸?"

그렇네, 하고 슈세이는 납득했다. 우주를 좋아한다면 반하지 않을 수 없는 이름이었다.

"나사의 '나'는 아름답다, '사'는 물로 씻어 나쁜 것을 없앤다는 의미가 있대. 아름답고 행복하라는 뜻인 것 같아. 그리고 이왕이면 미국항공우주국NASA과 같은 이름으로 지으신 거지."

"그렇구나."

나사를 감싸고 있는 분위기는 확실히 그 이름의 의미와 잘 어울렸다.

"슈세이 군은?"

"나? 나는 할아버지가 지어 주신 이름이야. '뛰어난 별이 되어라.' '이 우주에서 제일가는 별이 되어라.' 이런 뜻인 것 같아. 말도 안 되는 일이겠지만."

"태양보다 밝은 별이 될 수 있을까? 슈세이 군, 그럴 수 있어?"

태양은 지구에서 보면 전 우주에서 최강의 밝기다.

"아무리 뛰어난 별이 된다 해도 태양을 이길 수는 없을 것 같은데." 하고 웃음이 절로 나왔다.

"그래도 '슈세이'라는 이름 마음에 들어. 엄청 단순하지만 그래서 더 좋아."

"그래?"

"응. 이름은 중요한 거니까 자랑스럽게 생각하자."

"좋게 포장 안 해도 돼."

"나는 항상 좋은 말만 하려고 해. 나쁜 말을 하기엔 시간이 없거든."

"별 소리를 다한다."

슈세이는 나사가 꿈을 꿀 시간이 그리 많지 않다는 것을 아직 눈치 채지 못하고 있었다.

이들은 오사카 북쪽 끝에서부터 남쪽을 향해 계속 내려갔다.

173번 국도를 타고 가다가 한신 고속도로에서 한와 자동차 도로를 경유해 기시와다이즈미 IC에서 빠져나온 다음, 480번 국도를 타고 고야-류진 스카이라인을 향해 달렸다.

목적지는 나라 현과 와카야마 현 경계에 있는, 절경지로 유명한 고마단 산의 '고마단 산 스카이타워 휴게소'

였다.

이곳은 인공조명이 거의 없어서 일본에서도 손꼽힐 만큼 어두운 하늘을 볼 수 있는 곳으로, 간사이 지역 천문가들의 성지 중 하나여서 신월이 뜬 맑은 밤에는 망원경을 든 로맨티스트들이 어김없이 찾곤 했다.

슈세이와 나사는 중간중간 휴식도 취해 가면서 약 5시간에 걸쳐 스카이타워 휴게소에 무사히 도착했다. 도착 시각은 18시. 일몰은 19시 14분이므로 하늘은 아직 밝았다.

"날씨 너무 좋다!"

"일기예보 대로여서 다행이야. 이왕 찍을 거면 어두운 하늘이 낫거든."

슈세이는 날이 밝을 때 망원경을 대강 세팅해 두고 별이 보이기 시작하면 바로 얼라인먼트를 하자 생각했다.

오늘은 자정쯤 달이 떠오르니 그전에 승부를 보자. 하늘이 어두워지면 동쪽으로 망상성운이 있는 백조자리와 은하수가 촬영할 수 있는 높이까지 떠오르겠지.

"이걸로 찍는 거야? 슈세이 군의 천문대에 있는 망원경이랑 모양이 다르네."

장비들을 내놓자 역시 나사는 흥미로운 듯이 들여다

보았다.

"저건 포크식 마운트고 이건 독일식 마운트인데, 둘 다 적도의식 마운트*야."

장비에 대해 이야기를 나누는 건 천문가로서 느낄 수 있는 또 하나의 즐거움이었지만 나사의 표정은 이미 물음표로 가득했고, 슈세이도 원하지 않는 사람에게 그런 이야기를 이어나갈 만큼 눈치가 없지는 않았다.

"카메라 줄래? 세팅해 줄게."

"응, 여기."

슈세이는 나사에게 받아 든 카메라를 망상성운 촬영에 적합한 단초점 굴절망원경에 장착했다.

"우와, 이렇게 장착하니까 왠지 더 멋있어… 근데 엄청 비쌀 것 같아."

"저렴하지는 않지만 그래도 망상성운을 보려면 이 망원경이 좋을 것 같아서."

"잘은 모르지만 믿고 맡길게!"

나사는 아직 아무것도 몰랐기 때문에, 사진은 나사가

* 지구의 자전축과 평행한 극축과, 자전축과 직각인 적위축으로 망원경을 조절하는 가대를 말한다. 일반적으로 무게 추가 있어 평형 유지가 쉬운 독일식과 이동이 간편하고 경통 길이가 짧은 포크식이 있다.

직접 찍는다고 해도 주요 작업은 슈세이가 해야 했다. 나사의 카메라로 찍는다는 것에 의의가 있을 뿐이었다.

그래도 나사는 한껏 들뜬 것 같았다. 때마침 하늘도 차츰 어두워졌다.

“좋다… 우주로 떨어지는 이 순간은 언제나 최고인 것 같아.”

우주로 떨어진다는 표현은 옛날에 할아버지가 슈세이에게 했던 건데 슈세이는 그 표현을 좋아했다.

“우주로 떨어져?”

“응. 태양이 지고 하늘이 푸른빛에서 검은빛으로 바뀌면서 조금씩 우주가 보이기 시작하는 지금, 나는 이 순간이 제일 좋아.”

“오… 슈세이 군, 되게 로맨틱하다.”

슈세이는 아직 햇빛이 희미하게 남아 있는 검푸른 하늘을 올려다보았다. 나사도 그 모습을 보고 함께 하늘을 올려다보았다.

“어, 별이 보이기 시작해! 저건 뭐야?”

“베가네. 저번에 봤지?”

“아아, 그럼 저기 있는 건?”

나사는 들뜬 모습으로 하늘을 가리켰다. 그 모습을 보

는 슈세이의 마음도 따뜻해졌다. 누군가를 기쁘게 하는 건 멋진 일임에 틀림없었다.

"저건 목동자리의 아크투르스."

"대단하다. 뭐든지 보기만 해도 다 아네."

"계속 보다 보면 외우게 돼. 잘 보이는 별뿐이지만."

오늘은 하늘의 상태가 좋아서 슈세이도 설렜다.

일몰의 희미한 빛이 사라졌을 때 바로 별이 보인다는 것은 하늘이 그만큼 투명하다는 증거였다. 여름 하늘은 자칫하면 흐리기 십상인데 이곳은 해발고도도 높고 조건이 좋았다.

여름에 이토록 투명한 하늘이라니, 확실히 귀한 날이라 할 수 있었다.

"저기에 있는 별들도 다 이름이 있을까?"

나사는 하늘을 올려다보며 이런 말을 했다.

"별의 이름이라… 맨눈으로 보이는 별에는 거의 있다고 보면 돼. 사실 별자리 이름 뒤에 번호만 붙인 것도 많지만."

"그렇구나. 그래도 이름이 있구나. 혹시 이름 없는 별도 있어?"

"음… 우주는 넓으니까 아직 찾지 못한 별들도 있을 거고, 먼 은하에 있는 별까지 생각하면 이름 없는 별들이 더 많겠지.”

“하나하나 분명 존재하는데 이름이 없는 건 불쌍해.”

“그렇긴 해도 모든 별에 이름을 붙이는 건 현실적으로 쉽지 않으니까.”

우주의 규모는 사람의 이해를 초월한다. 우주에 관심이 없는 사람이 보기엔 아무래도 상관없는 일이겠지만 우주를 연구하는 슈세이 같은 사람에게는 그 세계의 깊이와 넓이에 때로 두려움마저 느끼기 마련이었다.

“그 별들도 어쩌면 이름이 있을지도 몰라! 하지만 우린 알 수 없는 거지. 사람도 마찬가지라고 생각해.”

나사는 갑자기 또 이상한 말을 하기 시작했다. 하지만 그런 말을 할 때 나사는 항상 먼 곳을 바라보고 있었다. 적어도 슈세이에겐 그렇게 느껴졌다.

“나는 ‘고토사카 나사’. 슈세이 군은 ‘와시가미 슈세이’.”

“그게 왜?”

“모르는 사람이 보면 우린 이름도 모르는 그냥 ‘사람’이잖아. 많은 사람들에게 우리의 존재는 의미가 없을지도 모른다는 생각이 들어서.”

나사는 힘을 주어 말을 이어 갔다.

"그래서 나는 우주에 이름을 남기고 싶어. 지금까지는 그런 생각을 해 본 적이 없었지만 슈세이 군을 만나고 나서 할 수 있다는 걸 알았어. 알게 된 이상 꼭 이름을 남기고 싶어. 그게 비록 몇몇 사람들에게만 알려진 것이라도 좋아. 내가 있었다는 증거를 어딘가에 남기고 싶어."

"위대한 꿈이네."

"치, 뭔가 비웃는 거 같은데? 장난으로 받아들이는 거야?"

하늘을 올려다보던 나사의 시선이 슈세이의 뺨을 쏘아보았다.

"아냐, 진심으로 그렇게 생각해. 나도 비슷한 생각을 했거든. 이 우주에 이름을 남길 수 있다면 얼마나 행복할까, 라고."

"그렇다면!"

나사는 신이 나서 소행성을 찾아보자고 말했다.

그게 말처럼 쉬운 일이 아니라는 것을 슈세이는 잘 알고 있었다.

하지만 그것은 할아버지의 꿈이기도 했다. 혜성, 신성, 초신성, 소행성, 어느 것이든 좋으니 찾아서 적어도 이름 한번 남기고 싶다는 꿈을 가지고 계셨다. 그런 꿈에 인생을 바쳤기 때문에 기회를 잡을 수 있었던 것이다. 분하게도 공식 기록으로 남기지 못해서 할아버지가 발견했다는 걸 아는 사람은 오직 슈세이뿐이었지만 말이다.

그 후 1년간 슈세이는 별에서 멀어져 있었다. 그런데 우연히 만난 나사에게 영감을 받아 오랜만에 천문대에 갔다가 그곳에서 나사를 다시 만났다. 그리고 그녀가 슈세이에게 신천체를 찾고자 하는 꿈을 다시 되새기게 해 주었다.

운명 따위는 믿지 않는 슈세이조차 이것은 운명이 아닌가 하고 생각했다. 나사에게는 슈세이의 마음을 움직이는 무언가가 있었다.

다만 그게 무엇인지는 슈세이도 아직 몰랐다. 그래도 한번 해볼까, 하는 생각이 조금씩 고개를 들었다. 원래 저 천문대는 신천체 발견을 위해 할아버지가 세운 것이었다. 그 꿈을 잇는 슈세이 자신이 천체 수색을 하지 않겠다는 것은 오히려 부자연스럽기까지 했다.

"좋아. 슬슬 해 볼까?"

머리를 스치는 생각은 많았지만 우선 오늘의 목적을 달성해야 했다.

자동 설정으로 망상성운 쪽을 향해 여러 장 촬영해 보고 구도를 확인했다. 이렇게만 해도 벌써 카메라 액정에는 성운의 모습이 어렴풋이 담겨 있었다.

"와, 벌써 보인다! 너무 멋지다! 뭐야 이거? 빨간색에 파란색에 컬러풀해!"

"사람의 눈과 다르게 카메라는 빛을 축적할 수 있으니까. 이제부터가 진짜 시작이지만."

구도를 정하는 것도 슈세이의 몫이었다. 앞서 나사에게 보여준 사진처럼 이 천체가 초신성 폭발의 잔해라는 것을 알아볼 수 있는 구도로 만들었다.

이제 인터벌 타이머를 세팅해서 단시간의 노출을 반복하는 일만 남았다. 디지털 촬영이라 가능한 '컴포짓'이라는 촬영 기법이었다. 예를 들면, 1분간 노출을 120회 반복하고 나중에 컴퓨터로 합성하면 120분간 노광한 것과 같은 효과를 낼 수 있다.

"천체 사진은 여러모로 손이 많이 가는구나."

"맞아, 그래도 우주는 그만한 대가를 주니까. 우주의 한 컷을 담아내는 감동을 느끼는 순간 그전으로는 돌아갈 수 없지."

"우주의 한 컷을 담아낸다니, 멋있는 말이야!"

자신의 카메라에 어렴풋하게나마 천체가 찍히는 것은 나사에겐 처음 있는 일이었을 테고, 그러니 더욱 경이롭게 느껴졌을 것이다.

"대단하네. 이 천체는 이렇게 지금도 이름과 모습을 남기고 있구나."

나사는 액정에 비친 망상성운을 애틋하게 바라보았다.

"좋아. 이제 설정은 끝났어. 이제 네가 직접 셔터를 누르면 돼."

"정말? 괜찮을까? 안 부서질까?"

"안 부서져. 자, 기념할 만한 천체 사진 제1호다. 찍어 봐."

"으, 응!"

나사는 조심스레 카메라 셔터를 눌렀다. 인터벌 타이머가 작동하기 시작하면 촬영 종료까지 딱히 더 할 일은 없었다. 1분에 120회, 약 2시간이 걸릴 노광이 시작되었다.

"이제 여유롭게 기다리기만 하면 돼. 자정쯤엔 끝나 있을 거야."

"그렇구나. 천체 사진을 찍는다는 건 꽤 한가한 일이구나."

"지금은 자동 기술이 발달했으니까. 옛날에는 이렇게 쉽게 촬영할 수 없었대. 초점이 어긋나지 않도록 계속 별을 쫓아다녀야 했으니까. 지금은 상상도 할 수 없지만."

"우와, 너무 힘들었을 것 같아."

오늘은 신월이 아니기 때문에 주차장에 망원경을 내놓

은 다른 사람은 없었다. 슈세이는 캠핑용 의자 2개와 테이블을 내놓고 테이블 위에 난로와 주전자를 올렸다.

"아가씨, 커피 드실래요?"

"인생의 쓴맛은 느끼고 싶지 않으니까, 카페오레로."

그런 농담을 하면서 슈세이와 나사는 밤하늘 아래서 커피 한잔을 즐겼다. 별을 보는 사람으로서는 최고의 시간이었다.

"별이 엄청 많네. 이런 거 처음 봐! 예쁘다……."

고마단 산의 하늘은 일본에서 가장 어두운 하늘이라고 불리는 곳이기도 했다. 도시에서 보는 별과는 비교할 수 없었다.

"기왕이면 좋은 하늘에서 찍게 해 주려고."

"고마워, 슈세이 군."

어둠 속에서도 알아볼 수 있을 정도로 함박웃음을 짓는 나사를 보며 슈세이는 나사를 데려오길 잘했다고 생각했다.

나사는 컵을 테이블에 내려놓고 기지개를 켜더니 하늘을 올려다보았다. 하늘에는 마침 지금 촬영하고 있는 백조자리와 그걸 가로지르는 은하수가 보였다. 나사는 손바닥을 펴고 하늘을 향해 팔을 뻗었다.

"있잖아, 하늘은 온 세상과 연결되어 있지?"

"그렇지."

하늘은 모든 땅과 연결되어 있다. 지구상 어떤 지점에서 올려다보든 그 하늘은 여기서 보는 하늘과 같은 것이다.

"그럼 이 하늘의 끝은 우주의 끝과도 연결되어 있는 거지?"

"그것도… 그렇지."

슈세이는 놀랐다. 천문가들은 언젠가 우주의 끝에 닿을 수 있고 그 끝을 볼 수 있을 거라는 점 때문에 우주에 끌린다.

그러나 대부분 일상 속에서는 우주의 끝을 느끼거나 생각하는 일 같은 건 없을 것이다. 그런데 나사는 지금 그것을 잘 이해하고 느끼고 있었다.

언제든지 누구나 올려다볼 수 있는 아무것도 아닌 이 하늘이 우주가 탄생한 시점부터 지금까지 계속 넓어지고 있음을, 그리고 인류가 아마 영원히 도달하지 못할 우주의 끝까지 계속해서 일직선으로 이어지고 있음을 분명히 느끼고 있는 것이었다.

"신기하다. 슈세이 군, 저 별 좀 봐 봐. 저게 보인다는 건 저 별에서 지금 내가 있는 여기까지 가로막는 게 없다는 거야?"

나사가 베가를 가리키며 물었다. 베가는 거문고자리의 주요 별이자 칠월칠석의 직녀성이기도 했다.

"대단해. 그럼 지금 우리가 있는 곳에서 저기까지 일직선으로 갈 수 있다는 거잖아. 무척 멀겠지만 그래도 일직선이라는 거잖아."

"응, 맞아. 이 하늘 위에 틀림없이 우주가 있고 그 너머엔 여러 별이 있지. 아마 외계인도 있을 거고. 그래서 우리는 별을 보는 거야. 하늘은 다 연결돼 있으니까."

"이야, 슈세이 군. 멋있는데?"

"멋있게 보인다면 다행이네. 하지만 그 단순하고 당연하지만 엄청나게 이상한 감각이 우리를 우주로 인도하는 거야."

"나도 알 것 같아."

도시였다면 상상도 할 수 없을 만큼 많은 별들이 두 사람의 머리 위로 반짝이고 있었다.

사진이 찍히는 동안 슈세이는 한 대 더 가져온 관망용 망원경을 꺼내 나사에게 이맘때쯤 볼 수 있는 천체들을 최대한 많이 보여 주었다.

저마다의 이름이 있고 천체로서의 데이터가 있다. 나

사는 하나하나 모두 듣고 싶어 했고 슈세이는 그것에 답했다. 나사가 기뻐하는 모습을 보자 슈세이도 기뻤다.

둘이서 정신없이 밤하늘을 들여다보는 동안 시각은 어느덧 자정에 가까워지고 있었다.

"우와……."

나사가 갑자기 짧게 감탄했다.

"우주가 울렸어… 슈세이 군, 들었어?"

그녀가 하려는 말이 무엇인지 슈세이는 이해할 수 있었다.

"알아. 귓속이라고 할까, 마음속 깊이 스며드는 소리가 있지."

"정말 대단해… 우주의 고동 소리가 들린다는 게."

나사는 그렇게 말하며 하늘을 올려다보았다.

하늘의 어둠이 한층 더 짙어지니 우주가 한층 내려왔나 싶을 만큼 싱그러운 고요함과 엄숙함이 하늘을 뒤덮었다. 나사가 '우주의 고동 소리'라고 표현한 것은 그 고요함이었다.

밤이 깊어지니 도시의 조명이 꺼지고 이 산속 하늘에도 영향을 줬다. 하지만 단지 그것만으로는 표현할 수 없는 무언가가 있었다.

이건 직접 느끼지 않으면 모른다. 슈세이와 나사는 그 느낌을 공유하고 있었다.

"슈세이 군, 우주에도 심장이 있을까? 우주도 살아 있잖아."

"있을지도 모르지. 우주에 대해서는 모르는 일투성이라 무슨 일이 일어나도 이상하지 않으니까."

두 사람은 하늘을 올려다보았다. 사람도 불빛도 없는 곳에 정적과 밤하늘만이 있었다. 이윽고 그 고요함을 끝내듯 셔터음이 들렸다. 촬영이 끝난 것이었다.

"잘 찍혔나?"

나사도 슈세이와 함께 액정 모니터를 들여다보았다.

"프레임을 보니 잘 찍혔네. 나머지는 나중에 컴퓨터로 처리하면 될 것 같아. 지금부터가 시작이야."

"앗, 저쪽이 밝아졌어!"

동쪽 산마루가 어렴풋이 밝아 왔다. 달이 떠오른 것이다. 하현달보다는 조금 작은 크기였지만 산마루에서 얼굴을 내밀자마자 순식간에 하늘의 지배권을 빼앗아갔다. 조금 전까지 보이던 수많은 별이 달빛에 휩쓸려 사라졌다.

"달이 정말 밝은 거였구나."

"그렇지. 그래서 우리는 되도록 달빛이 약한 시기를 노리고 사진을 찍는 거야. 하늘이 맑은지 어떨지까지 고려하면 제대로 찍을 수 있는 날은 1년에 정말 며칠 안 된다니까?"

"그럼 오늘은 어떤 편이야?"

"최고였던 것 같아."

"그렇구나. 고마워, 슈세이 군."

장비를 정리하고 집으로 돌아가는 이슥한 밤, 정신을 차려 보니 조수석에 있던 나사는 잠에 들어 있었다.

하늘이 밝아질 무렵에 집앞에 내려 주자 나사는 "그럼 다음에 보자! 살아 있다면 이따 또 천문대에 갈지도 몰라!" 하고 활기차게 말했다. 슈세이도 농담 삼아 "나도 낮에는 죽은 듯이 잘 테니까 온다면 그 이후에 와!" 하고 대답했다.

오늘 촬영한 사진들을 합성부터 해야겠다는 생각에 천문대로 돌아와 졸린 눈을 비비며 작업을 시작했다. 해가 중천에 떴을 무렵 웬만큼 작업을 마치고 나니 만족스러운 결과물이 완성되었다.

슈세이는 졸음을 이기지 못하고 오후가 되자 그대로 곯아떨어졌다. 하지만 결국 그날 나사가 오는 일은 없었다.

제2장

가로놓인
은하수

7월 21일 월요일

망상성운을 찍으러 다녀온 후부터 지금까지 슈세이는 나사와 만나지 못했다. 그날 찍은 천체 사진을 보기 위해 곧 올 거라고 생각했는데 아직 오지 않았고 연락도 없었다.

평소 나사의 성격을 생각해 보면 "미안해, 잤어!" 라고 라인 메시지 하나라도 보냈을 텐데… 거기까지 생각하고는 황급히 고개를 저었다.

"내가 먼저 연락하는 긴 좀 아니겠지?"

슈세이는 그런 생각을 하면서 쓰레기를 버리기 위해

무심코 주방에 있는 쓰레기통을 보았고, 그 안에서 무언가를 발견했다.

"뭐지? 약인가?"

생활 흔적이 거의 없는 천문대라 그 약봉지는 금방 슈세이의 눈에 띄었다.

"아아… 그때 기침이 나서 약을 먹는다고 했었지. 그렇지만……."

나사는 처음 천문대에서 하룻밤을 지새웠을 때, 감기 기운이 있어서 약을 먹는다고 주방으로 내려왔었다.

약봉지를 보고 슈세이는 아연실색할 수밖에 없었다. 봉지에는 적어도 10정은 될 만큼 많은 약이 표시되어 있었다. 감기 때문에 먹는 약이라기에는 너무 많았다.

"이게 다 몇 개야…?"

슈세이는 떨리는 손가락으로 그것들을 집어 들었다. 약봉지 뒷면에는 대개 약명이 적혀 있을 것이었다.

얼핏 봐도 낯익은 이름은 하나도 없었다. 의사의 처방이 있어야만 구할 수 있는 특수한 약이라는 것을 쉽게 알 수 있었다.

슈세이는 자신도 모르게 그 약들 중에 하나의 이름을 인터넷으로 검색해 보았다.

그러자 '베타 차단제를 포함한 만성 심부전증의 표준 치료제', '극약(의사의 처방에 따라 복용)', '심기능 개선제' 같은 무시무시한 단어들이 나왔다.

"심장… 약…?"

나사의 건강한 모습을 아는 슈세이가 보기에 그것은 너무나 비현실적인 내용이었다. 나사는 잘 뛰어다녔고 밝고 건강하고 잘 먹었으니까.

적어도 슈세이가 아는 고토사카 나사는 기운이 넘치는 소녀였다. 그러면 이 많은 약들은 도대체 뭘까.

슈세이의 머릿속에, 헤어질 무렵 나사가 했던 말이 떠올랐다.

"그럼 다음에 보자! 살아 있다면 이따 또 천문대에 갈지도 몰라!"

생각해보면 그 밖에도 신경 쓰이는 말들이 더 있었다.

"엇, 그렇게나 많이 기다려야 해? 그럼 난 죽을지도 몰라!"

"내 이름을 우주에 남기고 싶다고 생각했어. 이름은 중요하니까."

'그런 건가?'

슈세이의 머리에 최악의 생각이 스쳤다. 떨림이 멈추

지 않았다.

'전화해 볼까? 근데 안 받으면 어쩌지?'

그렇게 생각하니 무서워서 메시지조차 보낼 수 없었다. '이대로 영원히 안 읽으면 어쩌지?' 하는 두려움이 더 컸다.

아냐. 7월 5일에 처음 만났고 마지막으로 만난 것은 7월 19일, 단 2주였다. 그래, 우리는 딱 그 정도 사이였을 것이다.

그렇지만 얼마 안 되는 시간이었어도 관계의 밀도는 마치 몇 년 동안 함께한 별 동지처럼 느껴졌었다.

그날 슈세이는 하루 종일 아무것도 손도 대지 않은 채 돔을 열고 구석에 주저앉아 슬릿 사이로 멍하니 밤하늘만 바라보았다.

시간이 흐르면서 슬릿 사이로 보이는 별들도 변해 갔다. 정신을 차려 보니 달빛이 비치고 있었고 돔 벽면에 망원경의 그림자가 크게 드리워져 있었다.

"이름 말이지……."

소행성을 찾으면 그녀의 이름을 우주에 남길 수 있다.

그러나 지금까지 천문대의 주 역할은 초신성 수색이었다. 그것이 가장 효율이 높고 가능성이 컸기 때문이었다.

멍하니 앉아 어떻게 하면 좋은 시스템을 짤 수 있을까 생각해 보았다. 머리가 잘 돌아가지 않았다. 다만 나사의 "있잖아, 하늘은 온 세상과 연결되어 있지?" 라는 말만 머릿속에 맴돌 뿐이었다.

슈세이는 그렇게 뜬눈으로 밤을 지새웠다.

7월 22일 화요일 아침

✉슈세이 군, 미안! 연락할 새가 없었어! 오늘부터 가족들과 시골에 가기로 해서 일주일 정도 못 만날 것 같아! 섭섭하지? 섭섭한 거 맞지?

언제 돔에서 침실로 올라왔는지도 기억나지 않았지만 슈세이는 침대에서 눈을 떴다. 심한 두통에 겨우 잠에서 깼는데 나사에게서 온 라인 메시지를 보고 순식간에 눈이 번쩍 뜨였다.

나사의 말투는 평소와 같아 보였다.

'사람 걱정하게 해 놓고…….' 라고 생각하면서도 슈세이는 내심 안도했다.

하고 싶은 말이 북받치고 듣고 싶은 말도 있었지만

✉알았어. 좋은 시간 보내고 와. 라고만 대답했다.

나사는 바로 읽었지만 대답은 없었다.

"뭐, 건강해 보여서 다행이네……."

일주일이 생겼네, 하고 슈세이는 생각했다.

다음에 만났을 때 나사를 깜짝 놀라게 해 주고 싶었다. 혼자 있는 일주일 간 소행성 수색 시스템을 구축해 보자고 결심했다.

그러려면 우선 소행성부터 알아야 했다.

천체물리학을 전공한 슈세이는 그 중에서도 심우주* 쪽에 관심이 많았다. 태양계 안에 있는 천체의 움직임이나 현상에 관해서는 잘 알고 있었지만 그 범위를 벗어나 있는 것에 대해서는 아직 전문적이라고 할 수 없었다.

"어쩔 수 없다. 학교에 나가 볼까?"

슈세이가 다니는 대학교에는 방대한 자료가 있었고 무엇보다 슈세이의 몇 안 되는 친구이자 친한 친구인 '휴가 미츠히코'가 있었다.

미츠히코는 태양계 근방의 천체 궤도를 중점적으로 연구하고 있었으며, 연구 주제는 낙하 가능성이 있는 소행

* 지구로부터의 거리가 지구와 달 사이의 거리와 비슷하거나 그보다 먼 거리에 있는 우주 공간.

성 감시 및 실종된 천체를 재발견하는 프로그램 개발이었다. 소행성에 대해서라면 심우주를 연구하는 슈세이보다 더 지식이 풍부할 터였다.

평소 같으면 전철로 2시간에 걸려 가는 통학길이지만 지금은 여름방학이고 어제 쌓인 피로도 남아 있어서 슈세이는 운전을 해서 가기로 했다. 학교 안에는 차를 댈 수 없지만 가까운 곳에 이용할 수 있는 유료 주차장이 있었다. 보통 자가용으로 가면 전철을 이용하는 것보단 빠르게 갈 수 있었다.

그러나 막상 연구실에 방문하니 미츠히코는 보이지 않았다. 늘 연구실에 있던 녀석이어서 슈세이는 이런 상황을 예상하지 못했다. 라인 메신지를 보내자 공과대학 건물에 있다고 답장이 왔다.

이과대학과 공과대학은 캠퍼스가 달랐다. 차로 오길 잘했다고 생각하며 슈세이는 다시 길을 재촉했다.

공대와 가까운 주차장이 꽉 찼기 때문에 여기저기를 돌아 겨우 의대 주변의 유료 주차장에 차를 댈 수 있었다.

대학 캠퍼스는 넓었지만 기본적으로 걸어서 이동을 해야 했다. 운이 좋으면 자전거를 빌려 탈 수도 있었지만 귀찮아서 슈세이는 그냥 걸어가기로 했다.

여름방학인데도 캠퍼스는 학생들로 넘쳐 났다. 연구와 공부에 몰두하는 학생들이 많은 것이 이 대학의 특징일지도 모른다. 그런 만큼 각 학부의 전문성도 높았다.

그리고 이과 전공이면서 공과대학도 자주 드나드는 사람이 미츠히코였다.

“왔구나. 웬일이야, 갑자기?”

공대 전산계 연구실에서 슈세이를 맞은 미츠히코는 흰 가운을 입고 있지 않았다면 럭비선수 같은 운동선수로 착각할 만큼 건장한 체구를 가진, 안경을 쓴 단발머리 사나이였다. 슈세이와는 중학생 때부터 이어온 인연으로 1년 전 사건 때 슈세이의 말을 믿고 함께 화를 내 줬던 믿음직스럽고 스스럼없이 지낼 수 있는 친구이기도 했다.

“이과대학보다 이쪽 연구실 컴퓨터 스펙이 좋으니까. 정크 부품도 많이 있어서 공짜나 다름없이 고사양 기계를 쓸 수도 있고.”

“너는 왜 이과대학에 진학한 거야?”

“우주를 연구하고 싶으면 이과에 가야 한다고 생각해서. 그런데 그런 세세한 것까지는 굳이 알 것 없잖아.”

천문 산업이나 학문은 상당히 광범위한 분야의 전문 지식과도 깊은 관계가 있었다. 미츠히코는 이과대학에서 우주를 연구하면서 공과대학에서 전자기기를 만지며 놀고 있었다.

슈세이가 우주를 보는 타입의 천문가라면 미츠히코는 우주를 재는 타입의 천문가였다.

미츠히코는 전자 기기를 다루는 일이나 계산에 매우 강했고 수식과 계산을 통해 우주를 그려 내려 했다. 슈세이는 미츠히코가 마치 궤도를 계산하기 위해 태어난 녀석 같다는 생각을 했다.

"네 의견이 필요해서. 소행성 수색을 하려고 하는데 어디쯤에서 찾는 게 좋을까? 좋은 곳 알아?"

"초신성은 포기한 거야? 아니, 그것보다 이제 다시 천문대 쓰기로 한 거야?"

"병행하려고. 소행성에 이름을 붙이는 것도 재밌을 것 같아서."

"할아버지 이름을 붙이고 싶어진 건가?"

"뭐, 그렇다고 해 둘게."

때마침 미츠히코가 적당히 착각했기 때문에 슈세이는 그대로 넘어가기로 했다. 다행히 "오, 그렇구나. 뭐, 그것도 좋겠지." 하고 넘어간 미츠히코는 슈세이에게 소행성에 대해서 설명해 주었다.

소행성에는 여러 종류가 있지만 원칙적으로는 태양계 내에 위치해 태양의 중력에 영향을 받으면서 태양 주위를 도는 작은 천체를 말한다. 소행성은 지구를 비롯한 행성과 같은 것인데 질량이 작고 수가 많아 궤도 패턴이 다양해서 상당히 세밀하게 분류되어 있다는 내용이었다.

"그렇지만 대체로 황도 주위에 많이 있어. 알지?"

"소행성 벨트 말이군."

"그런 거지."

황도는 지구에서 봤을 때 태양이 움직이는 천구상*의 경로다. 별자리 운세에 쓰이는 탄생 별자리 등은 태양이 지나가는 길 위에 있는 별자리여서 '황도 12궁 별자리'라고 불리며 행성들도 태양이 지나가는 길 위로 움직인다.

태양계 안에 있는 천체들은 기본적으로 이 경로로 움직이기 때문에 소행성 벨트 안에 들어가 있는 소행성도 여기에 대부분 존재했다.

"황도를 정밀히 조사해 나가는 형태가 되는 거네."

"너도 알겠지만 이제 밝은 소행성 중에서 새로운 걸 더 찾기는 어렵잖아. 큰 구경의 렌즈와 집광력 좋은 장비

* 관측자(지구)가 보는 천체를 투영해 표현한 가상의 큰 구球.

로 화각을 좁게 많이 찍어서 어두운 놈을 꾸준히 찾아야겠지."

"그렇구나. 고마워. 일단 좀 해 볼게. 물론 금방 찾지는 못하겠지만."

"넌 초신성도 찾았었잖아. 뭔가 찾은 것 같으면 나한테 가져와. 신천체인지 아닌지 검증해 줄게. 잘 갖춘 시스템으로 구한 실험 샘플이니까 써 주지."

그 말이 미츠히코식 격려라는 걸 알 수 있었다. 전화로도 할 수 있는 이야기였지만 역시 직접 들으러 오길 잘했다고 슈세이는 생각했다.

"좀더 자세한 이야기라면 아키타 히사오 씨께 여쭤보면 어때? 간사이에서 유명하시잖아. 할아버님과도 아는 사이였다고 들었는데."

"에이, 아냐. 그런 대단한 분께 물어보기는 좀 부담스러워. 직접 아는 사이도 아니고."

간사이에는 천체 궤도 계산의 대가 나가노 슈이치 씨나 신천체 수색의 대가 아키타 히사오 씨 등 내로라하는 전문가들이 대거 포진해 있었지만 슈세이는 아직 햇병아리여서 가르침을 청하기에 부담이 되었다.

어쨌든 이치는 간단했다. 슈세이의 머릿속에는 이미

시스템의 대략적인 구성이 짜여 있었다. 천문대의 주 망원경이라면 충분히 수색이 가능한 방법이었다.

해결의 실마리가 보이니 바로 시도해 보고 싶었다. 미츠히코처럼 전문 소프트웨어는 없지만 슈세이는 시판 소프트웨어를 가지고도 수색 시스템을 짤 수 있었다.

슈세이는 미츠히코에게 고마움을 전하고 왔던 길을 발빠르게 돌아가고 있었다. 그러던 중 문득 시야에 들어온 광경에 걸음을 멈췄다.

"어? 저 분은……."

대학병원 입구에서 나사의 어머니 시즈쿠 씨가 나오는 것을 본 것 같았다. 거리가 멀었기 때문에 확실하진 않았지만 처음 만났을 때 느꼈던 그녀의 그늘진 분위기는 나사와는 다른 의미로 인상적이어서 기억하고 있었다.

그 순간 시스템 구축으로 골몰하던 슈세이의 머릿속이 천문대 쓰레기통에서 발견한 나사의 약봉지로 가득 찼다. 슈세이는 왠지 모를 불안감을 느끼며 자신도 모르게 움직였다.

입원한 것이 확실하지도 않은데 접수처에서 "고토사카 나사의 병문안을 왔는데요." 하고 말해버렸다. 그러자 다른 확인 절차도 거치지 않고 답변이 돌아왔다.

"9층 특별 병실입니다."

슈세이는 순간 명치를 맞은 듯했다.

시골에 놀러 갔다던 나사가 여기에 있다니. 슈세이에게 거짓말을 하면서까지 나사는 여기서 무엇을 하고 있는 걸까.

엘리베이터 옆에 붙은 안내판에는 '9층 심장 센터'라고 적혀 있었고 그 아래로 심장질환 진료과 명이 나열돼 있었다.

슈세이가 나사의 약 이름을 검색했을 때 나온 무시무시한 병명들이 머릿속에 떠올랐다.

9층 간호사 스테이션에서 다시 한번 안내를 듣고는 병실 앞에 섰다. 문에는 매직으로 쓴 '고토사카 나사 님'이라는 이름표가 걸려 있었다. 흔한 이름이 아니어서 확신할 수 있었다. 나사는 여기 있을 것이다.

'문을 열어야 할까. 아니면 발길을 돌려야 할까.'

슈세이는 망설이고 있었다.

'여기까지 와서 발길을 돌리면 어쩌자는 거야.'

넉넉잡아 5분은 문 앞에서 고민한 것 같았다.

슈세이는 마음을 다잡고 문을 두드렸다. 의지와 상관없이 손이 덜덜 떨렸다.

"네, 들어오세요."

귀에 익은 목소리가 들렸다. 평소 활기찬 나사의 목소리였다. 슈세이는 천천히 문을 열었다. 개인실이지만 그렇게 넓은 병실은 아니었다.

곧 침대가 시야에 들어왔다.

"어?"

들어온 사람을 확인한 나사는 당황한 표정으로 슈세이를 바라보았다.

"슈세이 군이 여길 어떻게… 엄마한테 들은 거야? 슈세이 군에게는 알리지 말라고 했는데."

"아니, 시즈쿠 씨께 들은 건 아니고."

"그럼 어떻게… 슈세이 군, 초능력자야?"

"설마 그럴 리가 없잖아. 어쩌다 대학교에 볼일이 있어서 왔는데 병원 앞에서 시즈쿠 씨랑 비슷한 사람이 지나가는 걸 본 것 같아 혹시나 해서……."

"슈세이 군 이 대학교에 다니고 있었구나… 그렇구나. 타이밍이 나빴네."

나사는 멋쩍은 듯 머리를 긁었다.

그 약봉지 하나가 슈세이를 여기까지 이끌었다. 그게 아니었다면 그냥 '사람을 잘못 봤나?' 하고 끝났을 것이다.

"약봉지를… 봤어. 천문대에서."

슈세이는 쥐어짜듯 그 한마디를 내뱉었다. 아, 하고 나사가 눈치챈 듯한 표정을 지었다.

"그렇구나… 내가 실수했네… 슈세이가 눈치채지 못하게 조심하고 있었는데 말이야."

"역시 그 약이 나사가 먹는 약 맞구나."

"응, 내 약 맞아… 내 목숨을 지탱해 주는 약이야."

'목숨을 지탱해 주는 약'이라는 말이 슈세이의 뇌리를 강타했다.

감기약이나 두통약 같은 가정상비약과는 차원이 다른, 의사의 처방이 있어야만 구하는 진짜 약.

약국에서 살 수 있는 가정상비약은 중증 치료제가 아니다. 단지 가벼운 증상에 약효가 있을 뿐이었다.

하지만 지금 나사가 먹고 있는 약은 다르다. 슈세이도 인터넷에 검색하지 않았다면 믿기 어려웠겠지만, 이 약은 꾸준히 복용하지 않으면 나사가 목숨을 유지하지 못할 수도 있는 약이었다.

"왜 그렇게 심각한 얼굴이야. 나 봐, 지금 엄청 건강해!"

나사는 침대 위에서 몸을 일으켜 양손을 들고 승리의 포즈를 해 보였다.

확실히 나사는 얼굴색도 나쁘지 않고 표정도 평소처럼 밝았다. 하지만 처음 만났을 때 느꼈던, 한여름의 설녀인가 싶을 정도로 하얀 피부는 그녀가 혈액순환이 좋지 않다는 것을 말해 주는 것이 아닌가.

"일요일에 컨디션이 좀 나빠져서 검사하러 입원했어. 연락 못 한 건 미안해. 그리고 거짓말한 것도. 걱정시키고 싶지 않았어."

시골로 놀러 간다고 거짓말한 일을 말하고 있었다.

하긴 아직 알고 지낸 지 2주밖에 안 된 사이에 모든 것을 드러낸다는 것은 쉽지 않은 일이다. 그리고 슈세이 역시 나사에게 숨기고 있는 것이 있었다. 그녀를 탓할 처지는 아니었다.

이해는 하지만 동시에 뭐라 말할 수 없는 감정이 마음속에 들끓었다. 마치 암흑성운으로 가로막혀 아무리 고성능 광학망원경을 써도 그 너머가 보이지 않을 때처럼, 나사와 자신의 마음 사이를 가로막고 있는 무언가가 느껴졌다.

"미안. 밤새 별 보는 건 무리였지?"

"괜찮아. 그것 때문에 컨디션이 나빠진 건 아니니까. 게다가 엄마한테 허락도 받았었고."

"그래도……."

슈세이는 시즈쿠 씨의 그늘진 모습이 분명 이 때문일 것이라고 생각했다. "무슨 일 있으면"이라는 말과 함께 교환한 전화번호의 의미를 생각하니 지금이라면 도저히 나사를 데리고 별을 보러 가자고 할 수 없을 것 같았다. 그 '무슨 일'이라는 건, 아마도 슈세이가 1년 전 할아버지가 급사했을 때 겪었던 일과 같을 테니 말이다.

"그런 얼굴은 싫어, 슈세이 군. 그래서 말하지 않았던 거야. 괜찮아. 그렇게 걱정할 정도는 아니야!"

"아, 아니 난……."

슈세이는 자신이 무슨 표정을 짓고 있었는지 알 수 없었다. 하지만 기분 좋은 표정이 아니었다는 건 알 수 있었다.

"슈세이 군, 생각해 본 적 없어? 나는 언제 죽을까, 같은 거 말이야."

"응?"

당돌한 물음에 슈세이는 당황했다.

"오늘일까, 내일일까, 아니면 50년 뒤일까. 아파서? 사고로? 사건일 수도 있으려나. 그런 거 생각해 본 적 있어?"

꽤 심각한 화제에 대해 말하면서 나사는 웃는 얼굴이

었다. 평소의 명랑한 어조로 마치 가십거리라도 얘기하듯 슈세이에게 말을 건넸다.

"아니, 생각해 본 적 없어. 그러고 보니 작년에 할아버지께서 갑자기 돌아가셨을 때는 조금 생각했을지도 모르지만 평소에는 생각할 일이 없지……."

"그렇지."

나사는 슈세이에게 맞장구쳤다. 슈세이뿐만 아니라 누구라도 평소엔 그런 생각을 하지 않고 살아갈 것이다. 하루하루 공부와 일에 치여 보통은 그럴 여유도 없을 것이다.

"하지만 나는 그런 생각들을 매일 하고 있어. 몇 년 더 살 수 있을까? 내일이면 끝나나? 아니면 50년 뒤가 있을까? 이런 식으로 말이야."

나사는 자신의 병에 대한 자세한 내용은 말하지 않았다. 지금으로선 슈세이의 상상일 뿐이라고 해도 병상 위, 그리고 이곳이 순환기 병동이라는 것을 생각하면 나사의 말은 절대 가볍지 않았다. 그러면서도 나사는 애써 밝은 모습을 잃지 않았다.

"무슨 큰 병이라든지 그런 건 아니니까 걱정하지 마, 슈세이 군. 왜냐하면 아무리 건강한 사람이라도 당장 내일 사고로 죽을 수도 있잖아. 그렇게 생각하면 큰 병은 아니지. 다만 나는 뭐, 몸이 조금 약한 부분도 있으니까, 남들보다 그럴 가능성이 클지도 모른다는 정도야."

할 말을 잃은 슈세이를 보자 나사는 황급히 괜찮은 척을 했다.

"그래서 슈세이 군이 보여 준 우주가 멋지다고 생각했어. 어디까지 이어져 있는지도 모르는 하늘의 끝이라니… 게다가 지난 토요일에는 우주의 고동 소리도 들었잖아."

"응……."

"살아 있다는 느낌이 들었어. 우주의 모든 것이 생명으로 연결되어 있다는 느낌이 들어서. 그러니까 더 이름을 남기고 싶어지더라. 내가 이 우주에 있었다는 증거니까."

여기 있었다는 증거. 우주에 있었다는 증거. 웅장한 이야기가 되고 있었다.

물론 엄밀히 말하자면 이름을 남기더라도 그것은 광활한 우주에서 묵묵히 자전하고 있는, 지구라는 작은 세계에서만 인정받을 수 있는 호칭일 뿐이다. 다만 그래도 소행성에 이름이 붙으면 그 이름은 오래 남아 별과 함께 계속 우주를 떠돌 것이다. 그것은 나사가 말하는, 우주에 있었다는 증거가 될지도 모른다.

소행성을 찾는 것은 매우 어려운 일이다. 하지만 불가

능한 일은 아니다. 슈세이는 마음속에서 뭔가가 피어오르는 것을 느꼈다.

잊고 있었던 꿈. 할아버지와 목표로 했던 신천체를 발견하는 그 순간을 다시 한번 이루어 볼까 하는 생각이 들었다.

"나사야."

"응?"

"여러 가지로 놀라서 정리가 안 되지만, 건강 잘 챙겨. 오늘 갑자기 찾아와서 미안해. 이제 그만 돌아가 볼게."

"그렇구나."

나사는 슈세이를 붙잡지 않았다. 나사는 자신의 병이 위중하다는 것을 알고 있었다. 그리고 그 무게를 견딜 수 있는 타인을 본 적이 없었다.

"알겠어. 괜찮다면 나중에 또 와. 아, 식사 제한은 없으니까 다음에 병문안 선물로는 케이크 같은 게 좋겠다."

나사는 온화한 목소리로 말했다. 평소의 명랑함을 생각한다면 너무나도 차분한 목소리였다.

"그래. 그럼 다음에 또 보자."

슈세이는 나사의 눈을 마주치지 못한 채 발길을 돌렸다.

"바이바이, 슈세이 군."

복도로 나와 문을 닫는 순간에 나사의 목소리가 들렸다.

안녕, 좋은 아침이야, 잘 가, 오랜만이야… 인사에는 여러 가지 종류가 있다.

그중 바이바이는 작별 인사다. 그것은 다시 만날 것을 전제로 하는 경우와 그렇지 않은 경우가 있다. 슈세이는 그 말의 무게에 눌려 한동안 발을 뗄 수 없었다. 그렇다고 돌아서서 다시 문을 열 용기도 남아 있지 않았다.

7월 23일 수요일

어젯밤 슈세이는 아무것도 할 수 없었다.

소행성 수색 시스템을 구축하고 싶었지만 몸도 머리도 움직이지 않았다. 어제 나사와 나눈 대화가 계속 뇌리를 맴돌고 있었다.

17살이라는 어린 나이에 내일의 목숨을 생각하는 것은 슈세이에게 실감이 나지 않는 일이었다. 슈세이도 아직 21살이었다. 어른들이 보기엔 나사와 별반 다르지 않은 나이일 것이다. 그러나 슈세이는 자신에게 내일이 없을 수도 있다고 생각해 본 적이 없었다.

하지만 나사는 내일을 재며 살아가고 있다. 당장은 병세가 위중하지 않아서 괜찮다고 해도 그렇구나, 하고 수긍할 분위기는 아니었다. 그리고 슈세이에게는 그럴 때 재치 있는 말을 할 만한 담력도 없었다.

헤어질 무렵의 "바이바이"가 귀에 붙어 떨어지지 않은 채 아침을 맞이하고 말았다.

나사와 알고 지낸 것은 이제 단 2주, 여기서 관계를 끊으면 그 뒤의 일은 아무 것도 생각할 필요가 없게 된다. 그러면 다시 지금까지와 같은 일상이 돌아올 것이다. 오늘 이후 나사라는 존재를 생각하지 않으면 된다.

하지만 그건 무리였다. 어느 날 갑자기 눈앞에 나타나 별이 되고 싶다던 그녀는 슈세이에게 다시금 신천체 수색에 대한 동경과 열정을 되살리고 있었다.

"나에겐 나사와 함께 해야 할 의무가 있는 거야."

슈세이는 다시 한번 발걸음을 떼어 보기로 결심했다.

'그 전에 할 일이 있었나?'

최고로 맛있는 케이크를 사서 병문안을 가고 싶었다. 그러니 우선 케이크 가게부터 찾아야 했다.

오후 면회 시간이 되었을 때 슈세이는 나사의 병실을 찾았다. 문을 여는 데 약간의 용기가 필요했다.

노크를 하니 "네~" 하는 소리가 들렸다. 나사의 목소리가 아니었다.

"어, 시즈쿠 씨?"

슈세이의 방문에 시즈쿠 씨는 놀란 얼굴로 하던 일을 멈췄다. 예상치 못한 손님인 모양이었다.

"슈세이 씨가 어떻게…? 나사에게 입원 소식을 들으셨나요?"

"아니요. 어제 그, 우연히……."

아무래도 나사는 어제 슈세이가 왔었다는 걸 시즈쿠 씨에게 전하지 않은 것 같았다. 슈세이도 경위를 잘 설명할 수는 없었지만, 시즈쿠 씨가 더이상 묻지 않았기 때문에 그 이야기는 적당히 마무리했다.

"저기, 혹시 나사는요…?"

침대 위에는 아무도 없고 말끔히 접힌 이불만 놓여 있었다. 순간 생각하고 싶지 않은 상상이 뇌리를 스쳤지만 시즈쿠 씨의 한마디가 그 불안감을 잠재웠다.

"지금 검사하러 갔어요. 곧 돌아올 테니 괜찮으시면 여기서 기다리세요."

"아, 그, 그래요?"

슈세이는 자신도 모르게 "다행입니다."라고 말할 뻔

했다.

시즈쿠 씨와 단둘이 하는 대화는 어색했다. 슈세이는 의자에 가만히 앉아 있는 것밖에 할 일이 없었고 시즈쿠 씨는 이따금씩 침대 주위를 정리했다. 그러던 중 휠체어를 탄 나사가 간호사의 도움을 받으며 돌아왔다.

휠체어라니, 슈세이는 조금 움찔했다.

"슈세이 군, 또 와 줬구나."

슈세이의 얼굴을 본 나사는 조금 놀란 듯한 어조로 말했다. 처음에는 당황한 것 같았던 얼굴에 천천히 미소가 번졌다.

"응, 케이크 가져왔어."

"오, 역시 멋져, 슈세이 군."

나사는 곧 평소처럼 돌아갔다. 그리고 슈세이는 그때 깨달았다. 시즈쿠 씨가 있을 거라 생각하지 못했기 때문에 케이크는 2개밖에 없었다. 상자를 열기 직전에 깨달았지만 그렇다고 이대로 열지 않을 수도 없었다.

"모처럼 슈세이 씨가 와 주셨으니 천천히 대화 나누렴. 엄마는 주치의 선생님께 다녀올게."

순간 당황한 슈세이에 대한 배려였는지 시즈쿠 씨는 그렇게 말하고 병실을 나갔다.

"저쪽에 접시 같은 게 있을 거야."

나사의 말대로 침대 옆 상두대* 안에 종이 접시와 플라스틱 포크 등이 들어 있었다.

"오, 여기 꽤 유명한 케이크 가게 아니야?"

"아는 곳이야?"

"그럼! 맛집 정보는 꿰고 있지. 좀처럼 갈 수 없는 게 아쉽지만 말이야. 고마워, 슈세이 군."

맛있게 케이크를 먹고 있는 나사는 역시 중환자로 보이지 않았다. 사실 나사가 정확한 병세에 대해서 얘기한 적은 없었기 때문에 중환자로 단정 짓는 것은 이상했다. 그렇지만 이 병동의 진료 과목이 순환기라는 것을 생각하면 곧바로 좋지 않은 이미지가 연상되는 것은 어쩔 수 없었다.

"곧 퇴원하는 거지?"

희망적인 생각을 갖고 물었지만 나사의 대답은 신통치 않았다.

"글쎄, 항상 일주일 정도 지나면 퇴원했었는데 이번엔 잘 모르겠어."

* 주로 병실에서 침대 머리맡에 놓는, 물건을 넣어 두는 간단한 수납장.

'항상' 그랬다는 말에 슈세이는 나사가 이번에 입원한 게 처음이 아니라는 것을 금방 깨달았다.

"그렇구나. 그럼 사진 가져올까? 지난번에 찍은 망상성운 사진."

"잘 찍혔어?"

사진 이야기를 하자 나사의 얼굴이 순식간에 밝아졌다.

"응, 잘 나왔더라. 처리도 잘 돼서 처음 해 본 것치고 괜찮게 나왔어."

"그렇구나. 그렇지만 내가 천문대에 가서 직접 볼 때까지 가져오지 않아도 돼."

"괜찮겠어?"

그러자 나사는 아무렇지 않게 이야기했다.

"응. 약속은 많은 게 좋아. 그래야 약속한 날까지 꿋꿋하게 살아 있자고 다짐하게 되니까."

"……."

나사는 마치 정말 내일이라도 생명의 불이 꺼질 것 같은 사람처럼 말했다.

"아, 미안해. 방금 걱정시키는 말투였지. 나 괜찮아. 근데 어제도 말했던 것처럼 언제 죽을지 모르는 건 다 똑같은데 병이 있으면 더 신경이 쓰이잖아? 그래서 즐거운 일을 많이 계획해 두는 거지. 그럼 그날까지는 괜찮을 것 같은 기분이야."

나사의 말을 들은 슈세이는 그렇다면 약속을 하자고 제안했다.

"좋아. 그럼 나중에 천문대에서 페르세우스자리 유성군을 보자. 약속이다."

"페르세우스자리 유성군?"

"매년 8월 12일부터 13일까지 볼 수 있는, 유성*이 많이 흐르는 유성군이야. 올해는 관측 조건이 안 좋기는 하지만 그래도 별똥별은 보일 거야. 천문대에서 보면 나사도 부담이 크지 않을 것 같아서."

천문대에는 AED**와 응급 상황 신고 장치가 있다. 할아버지를 위해 설치했던 것이지만 뜻하지 않은 곳에서도 도움이 될 것 같다. 쓸 일이 없는 게 가장 좋을 테지만 그래도 없는 것보단 있는 게 나으니까.

"8월 12일? 응, 좋아. 아무리 그래도 그때까지는 퇴원할 수 있을 거야! 헤헤, 기대된다."

* 지구의 대기권 안으로 들어와 빛을 내며 떨어지는 작은 물체.

** 자동 심장 충격기.

나사는 설레는 표정으로 침대 위에서 기지개를 켰다.

나사도 슈세이도 병에 대한 이야기는 하지 않은 채 이날은 담소를 나누는 것으로 병문안을 마쳤다.

"그럼 다음에 보자, 슈세이 군."

오늘은 "바이바이"가 아닌 함박웃음으로 배웅했다. 어제 생겼던 작은 앙금은 풀린 것 같았다. 조금 기분이 좋아진 채로 병원 로비를 나서려 할 때 뒤에서 누군가 슈세이를 불러 세웠다. 돌아 본 곳에는 시즈쿠 씨가 서 있었다.

잠깐 할 말이 있어요, 라고 말을 걸어온 시즈쿠 씨와 함께 슈세이는 병원 커피숍으로 갔다. 아무래도 시즈쿠 씨는 병실을 나온 후부터 슈세이가 돌아갈 때까지 계속 기다리고 있었던 것 같았다.

"어제오늘 감사했습니다. 분명 나사도 기뻐하고 있을 거예요."

"아, 아닙니다."

인사치레를 위해 슈세이를 잡은 건 아닐 테니 이것은 이야기를 하기 전 운을 떼는 말일 것이다.

"혹시, 나사에 대해 뭔가 들은 이야기가 있으신가요?"

"아, 아니요. 특별히 들은 건 없습니다."

사실 아무것도 듣지 못했다.

단지 그 약봉지로 짐작해 보건데 아마도 나사의 병이 심장에 관한 것이 아닐까 추측할 뿐이었다. 하지만 너무 무서워서 본인에게 직접 확인할 엄두는 도저히 내지 못했다.

"그렇군요… 하지만 슈세이 씨는 이미 눈치 채셨겠지요?"

탐문을 하는 것 같기도 한 질문에 슈세이는 입을 열었다.

"사실… 천문대에 약봉지가 떨어져 있었어요. 그 약 이름을 검색해 봤거든요. 죄송합니다. 거기에 어제 우연히 학교에 들렀다가 시즈쿠 씨가 이 병원에서 나오는 것까지 보고 여러 가지 생각들이 들어서… 아, 그러니까, 저는 이 학교 이과대학 학생이고……."

슈세이는 횡설수설하면서 자신이 병원에 온 이유를 설명했다. 제대로 전달되고 있는 것인지 알 수 없었으나 다행히 시즈쿠 씨는 조용히 들어줬다.

"그럼 얘기를 해 두는 게 좋을지도 모르겠네요. 나사에게는 제가 이런 얘기를 했다는 걸 말하지 않겠다고 약속해 주시겠어요?"

"아, 네."

슈세이는 자세를 고쳐 앉았다. 어쩌면 모르는 게 더 나을 수도 있겠지만 그럴 거라면 오늘 여기에 오지 않았어야 했다.

슈세이에게 선택지는 없었다. 그는 오늘의 방문으로 "바이바이"를 "다음에 보자"로 만들었다. 그렇다면 지금부터 시즈쿠 씨의 입에서 나오는 현실과 마주하지 않으면 안 될 것이다.

"나사가 태어났을 때는 아주 건강한 우량아였어요. 그런데 3살 때 갑자기 심장병이 발병한 겁니다. 한때 생사를 헤맸고 10살까지밖에 살 수 없을 거라는 말을 들었어요."

시즈쿠 씨의 이야기는 충격적이었다.

10년이라는 시한부 선고를 이겨낸 나사였지만, 그 시점에서 부모님과 주치의는 나사에게 모든 것을 말했다. 나사는 말없이 받아들였다고 했다. 어려서부터 줄곧 병원에 다니면서 자신이 다른 친구들과 뭔가 다르다는 것을 짐작했던 모양이다.

"나사는 '그럼 서둘러서 이것저것 해야겠다.' 라고 했어요. 그 당시 '상태가 괜찮다면 앞으로 10년 정도 남은 것 같습니다. 다만 그 전에 언제라도 갑자기 안 좋아질 가능성도 있습니다.' 라는 말을 들었거든요……."

나사는 겨우 10살에, 불확실하고 경우에 따라서는 더

짧아질지도 모르는 생명의 기한을 받아들였다. 그 속마음을 상상하니 참을 수 없었다. 슈세이는 저도 모르게 주먹을 불끈 쥐었다.

"나사는 전부 알고 있는 거군요……."

"네."

시즈쿠 씨의 대답은 짧았다.

"저런……."

천문대에서 만났을 때 나사는 친근한 미소로 말을 걸어왔다. 사진을 찍으러 갔던 날 밤에도 이상한 기색은 보이지 않았다.

하지만 나사가 거짓말을 한 것도, 슈세이가 착각하거나 잘못 안 것도 아니었다. 슈세이는 이것이 현실이구나, 하는 생각이 들었다.

"최근 나사의 병세는 소강 상태를 유지하고 있었는데 지난 일요일 갑자기 발작을 일으키며 쓰러졌어요. 다행히 집에 있을 때여서 바로 심장 마사지를 하면서 구급대를 기다릴 수 있었습니다만, 밖이었다고 생각하면……."

시즈쿠 씨도 응급처치 교육을 받은 것 같았다. 가족이 무거운 지병을 앓고 있으면 자연스럽게 그렇게 된다. 슈세이도 마찬가지였다.

“다행히 구급차가 오기 전에 의식을 되찾았고 지금은 보시다시피 괜찮아요. 하지만 심장질환은 오히려 젊은 사람들이 더 위험하다고 주치의 선생님께서도 말씀하셨고…….”

“나사의 심장이… 그렇게 많이 안 좋은가요…?”

갑자기 발작이 일어난 상황이라면 아무리 좋게 생각하려 해도 괜찮은 상황이라고 말할 수 없다. 심장질환이 있던 할아버지를 떠나보낸 경험이 있는 슈세이여서 상황을 금세 이해할 수 있었다.

“지금은 약 효과가 남아 있어서 괜찮아 보이지만 결국 답은 심장이식뿐이라고 하더라고요.”

“심장이식…!”

마치 벼락을 맞은 것처럼 온몸이 떨려왔다.

심장이식, 그 말은 나사가 매우 위독하다는 것을 의미했다. 슈세이도 심장질환 치료에 대해 전혀 모르는 것은 아니었다. 할아버지가 고령이어서 선택하지 못했던 치료법 중 하나였기 때문이다.

일본은 의료 수준이 높지만 장기이식에 관해서는 낮은 편이다. 특히 심장이식은 1968년 ‘와다 심장이식 사건’이라고 불리는, 일본 내 첫 번째 심장이식 수술이 세상의 이해를 얻지 못해 집도한 의사가 살인죄로 고발당하는 일이 있었고, (그 후 불기소되었다.) 약 30년 동안 그 길이 막혀 있었다.

이후 1990년대에 들어 장기이식 관련법이 개정되고 1999년에 이르러 두 번째 심장이식 수술이 이루어졌지만 다른 나라에 비하면 크게 뒤처져 있었다. 물론 그 후로 수술 사례가 비약적으로 증가해 소아의 경우 10년 생존율이 96%에 달할 만큼 매우 높은 이식 성공률을 자랑하긴 하지만, 그렇다고 위험이 없는 건 아니니 심장을 꺼내고 이식하는 행위 자체에 대한 모종의 공포는 남아 있었던 것이다.

그리고 나사의 경우는 더 큰 문제가 있었다.

"그래서 이식은 하는 건가요…?"

이식 수술로 살 수만 있다면 누구나 하고 싶다고 생각할 것이다. 하지만 나사가 받아야 하는 건 심장이다. 상상력이 크게 결여된 사람이 아니라면 심장 기증자는 이미 사망한 상태여야 한다는 것쯤은 알 수 있다.

이는 한쪽만 남겨 두어도 기능을 유지할 수 있는 신장이식이나 간이식처럼 건강한 사람으로부터 일부만 이식받아도 기능이 개선될 수 있는 다른 장기이식과는 성질이

근본적으로 달랐다. 나사의 치료에는 한 사람의 목숨이 수반된다는 사실은 바꿀 수 없었다.

"물론 이식 대기자로 등록은 했어요. 다만, 나사를 보면 아시겠지만 그 아이는 보통의 17살보다 확실히 체구가 작아요."

"아……."

처음 만났을 때 중학생이 아닐까 생각했었다.

17세 여자의 평균 키는 대략 158cm 정도다. 하지만 나사는 분명히 그보다 10cm 가까이는 작아 보였다.

"주치의 선생님께서 말씀하시길 어려서부터 순환기 장애로 인해 발육이 느렸을 거라 하네요. 앞으로 성장이 진행되는 것을 포함해 경과를 봐야 한다고 하셨지만 나사의 병세는 기다려 주지 않으니까요."

"그렇게나 심한가요…?"

심장이식이라는 선택지까지 나온 시점이라면 그 병세는 아마도 말기일 것이다. 이식이 아닌 내·외과 요법으로는 더이상의 개선을 기대할 수 없다는 것일 테니까. 말하자면 최후통첩이나 다름없다.

만약 이대로 심장을 이식할 수 없을 경우, 기다리는 것은 죽음뿐이다. 그러나 알면서도 물어보는 것 말고는 달리 할 수 있는 게 없었다.

"벌써 3년째 대기하고 있어요. 평균적인 대기 기간을 이미 넘겼죠. 그건 나사의 조건에 맞는 심장이 좀처럼 기증되지 않는 것도 있겠지만, 역시 운이 나쁘다고밖에 말할 수 없는 부분도 있네요. 거기에 이번에 발작까지 일으켜서 이제는 저도 주치의 선생님도 결단을 내리지 않으면 안 됩니다만……."

결단은 무엇을 의미하는 걸까. 슈세이는 명치가 더욱 답답해지는 것을 느꼈다.

심장질환에 대해서는 할아버지를 가까이서 보아 잘 알고 있다. 설사 심장이식까지 생각해야 하는 상태라 해도 약물 치료 결과에 따라 수명이 오래 유지될 수도 있다. 할아버지의 경우는 고령이어서 남은 삶의 질을 위해 이식이 아닌 약물 치료를 선택했던 것이고, 아마도 그것이 정답이었을 것이다.

하지만 나사는 아직 젊다. 거기에 관련된 결단이란 무엇일까.

"결단이라고 한다면……."

솔직히 말해서 대답을 듣기가 무서웠다. 그러나 슈세이에게 나사는 더이상 모른 척할 수 없는 존재였다. 다음

달 12일에 함께 유성군을 보기로 약속했다. 건강한 대부분의 사람들에게는 그날이 문제없이 찾아오겠지만, 동시에 누구라도 언제 죽을지 모른다는 나사의 말 또한 사실이었다. 나사는 지금 그 갈림길에 서 있었다.

"보조인공심장이라는 거 아세요?"

"들어 본 적은 있습니다."

할아버지의 치료 선택지에도 있었지만 심장이식과 마찬가지로 고령인 환자의 체력을 고려해 제외한 것이었다.

"앞으로 대기 시간을 비교적 안전하게 보내기 위해 주치의 선생님께서는 보조인공심장 장착을 권유하셨어요. 보조인공심장을 달면 적어도 지난번과 같은 갑작스러운 발작 위험은 상당히 줄어들고 심장의 부담도 줄일 수 있다고 하시더라고요."

"그럼 망설일 필요가 없지 않을까요?"

그걸로 비교적 안전하게 연명할 수 있다면 다른 선택지는 없다고 생각했다. 다만 시즈쿠 씨의 표정은 어두웠다.

"몇 가지 문제가 있어요. 우선 아까 말한 나사의 체격 문제가 있고요."

보조인공심장에는 체외식과 체내식, 두 종류가 있다. 성인이라면 대부분 체내식을 선택하는데 이 장치를 달면 다소 불편하긴 해도 일상생활을 할 수 있을 만큼은 상태가 호전되어 심장이식을 기다리는 동안의 생활 수준이 비약적으로 향상된다.

하지만 체격이 작은 소아의 경우에는 체외식만 가능하다.

보조심장의 경우, 기계를 체외에 붙이는 방식이어서 필연적으로 병원에서 적절한 관리를 받아야 한다. 즉 연명은 가능해도 생활 수준의 대폭적인 개선은 기대할 수 없다는 의미였다. 나사의 경우는 오히려 발이 묶이고 마는 것이다.

"나사는 보시다시피 체격이 작아요. 여러 가지 이유로 체외식밖에 선택할 수 없는데, 그건 나사가 거부하고 있어요."

선택지가 없는 답을 나사는 거부하고 있었다.

슈세이는 깜짝 놀랐다. 살 수 있는 유일한 기회일지도 모르는데 어째서, 하고 생각했지만 이는 제삼자이기에 보일 수 있는 무책임한 발상일 뿐이었다. 그 심정은 본인밖에 모를 테니까.

"지난해까지만 해도 보호자인 제 판단이 우선이었지만, 나사는 이제 17살이에요. 비록 부모라 할지라도 법적으로 당사자의 이해와 승낙 없이 강행할 수 없더라고요. 저희는 나사의 뜻을 존중하기로 했어요."

시즈쿠 씨는 조용히 말을 이어 갔다.

17살은 아직 어린애다. 부모의 보호가 필요하다. 하지만 성인에 준하는 판단력이나 가치관을 가지고 있다.

이식 치료는 생명 윤리의 관점에서 17세 이상의 환자에게는 환자 본인의 의사를 따르도록 하고 있다.

그리고 나사는 거부의 뜻을 밝힌 것이다.

"슈세이 씨. 한 가지 부탁이 있어요."

"네, 뭔가요?"

시즈쿠 씨는 계속 아래로 향했던 시선을 들어 처음으로 슈세이의 얼굴을 똑바로 마주했다.

"민폐라는 걸 알지만, 가능하시다면 나사가 하고 싶어하는 걸 함께해 주셨으면 해요."

"네?"

예상 밖의 제안에 슈세이는 놀랐다.

틀림없이 더이상 나사를 데리고 나가지 말아 달라는 부탁이 나올 거라고 생각하고 있었다.

이 발작이 하루만 더 일찍 일어났었다면 길거리 혹은 깊숙한 산속에서 나사는 목숨을 잃었을지도 모른다. 사정을 몰랐다고는 하지만 만약의 경우를 생각하니 등골이 서늘했다.

그러나 나사는 행선지를 미리 시즈쿠 씨에게 알렸고, 시즈쿠 씨도 그것을 허락했다.

"건강하게 돌아올게!"

나사가 집을 나서면서 한 말의 무게를 슈세이는 그제야 이해했다. 나사는 항상 죽음을 떠올리며 자신의 마지막 시간을 어디서 보낼지 생각하고 있었다.

"나사에게 유성군을 보여 주기로 약속했습니다."

슈세이는 시즈쿠 씨와 눈을 마주치며 말했다.

시즈쿠 씨는 조용히 고개를 끄덕였다.

이날부터 슈세이와 나사의 인생을 건 싸움이 시작되었다. 둘 모두 아직 그 사실을 깨닫지 못했지만…….

이날 이후 며칠 동안 나사와 라인으로 메시지를 주고받거나 병문안을 가는 나날이 계속되었다. 나사의 상태는 겉보기에도 안정되고 매우 건강해 보였다.

둘이서 만날 때는 병에 대해서 아무 말도 하지 않았다. 굳이 지금의 평정심을 깨고 싶지 않다는 서로의 암묵적인 이해가 있었기 때문이었다.

나사는 지병으로 입원했고 슈세이는 그걸 알고 있다.

지금은 그걸로 됐다. 무엇보다 나사의 웃는 얼굴을 보는 것이 슈세이의 신천체 발견이라는 꿈에 대한 동기 부여가 되고 있었다.

"시스템은 이걸로 된 것 같은데, 시험 삼아 한번 촬영해 볼까."

슈세이는 나사가 입원해 있는 동안 매일 천문대에 갔다. 어설프지만 여느 가정집과 다름없는 시설도 갖춰져 있어서 짐도 거의 이곳으로 옮겼다. 할머니가 있는 집으로 돌아가지 않는 날이 늘었지만 할머니도 그에 대해 별다른 말씀은 하지 않으셨다.

이곳은 할아버지의 요새이자 유산이었다. 다시 말해 슈세이가 지금 하려는 일은 할아버지 후계자로서의 책무이기도 했다.

1년 동안 외면했던 현실을 마주하려 한다. 아직 마음이 아프고 망설여지지만 나사의 미소가 이 모든 고통을 없애주었다.

슈세이는 미츠히코가 알려준 소행성 궤도에 관한 지식과 데이터로 망원경을 컨트롤하기 위한 자동 촬영 시스템을 짰다. 프로그램 방식은 단순했다.

태양계 내의 천체는 기본적으로 황도 부근을 지나가니

미확인 소행성들도 여기에 있을 가능성이 컸다. 하지만 밝은 천체는 이미 발견된 경우가 많았다. 그래서 슈세이와 같은 아마추어 헌터가 노려야 하는 천체는 아직 발견되지 않은 어두운 것들이었다.

그렇다면 천문대에 있는 45cm 리치-크레티엔식ritchey-chrétien 망원경이 위력을 발휘할 것이었다. 광학계 F4 망원경이므로 초점 거리는 1,800mm, 장착된 카메라 센서는 마이크로 포서즈라는 규격으로 달을 찍으면 달이 화면에 가득 차서 위아래가 조금 잘리는 정도였다.

집광력은 4,132배, 즉 인간의 눈동자보다 4,132배의 빛을 모을 수 있다. 맨눈으로 볼 수 있는 한계는 약 16등성이지만, 사진은 하늘 상태에 따라 다르긴 해도 20등급 이하의 천체이기만 하면 촬영이 가능했다.

이는 소행성 수색에는 강한 아군이었다. 슈세이는 황도를 기준으로 촬영 화각을 설정해 나갔다.

하늘 상태가 가장 좋은 남중고도* 전후 하늘을 중심으로 조금씩 화각을 달리해 촬영했다. 시간을 두고 같은 위치를 여러 번 촬영하기도 하고, 또 다음 남중고도가 된 별

* 지평선을 기준으로 천체가 정남쪽에 위치해 고도가 가장 높아진 때.

자리를 같은 방법으로 촬영했다.

여기에 만약 소행성이 찍히면 이동 천체로 검출된다. 그 후에는 촬영된 것이 이미 발견된 것인지 미지의 것인지 확인하는 작업이 남아 있지만, 그건 미츠히코에게 데이터를 보내 확인받기로 했다.

미츠히코 입장에서도 자신의 시스템을 시험해 볼 기회였는지 "어차피 윈윈이니까 신경 쓰지 말고 나중에 고기나 사줘."라고 했다.

몇 번의 시행착오를 거치며 며칠이 훌쩍 지나갔다. 시험 가동을 시작한 것이 7월 26일 밤이었다. 나사가 ✉월요일에 퇴원이야. 라는 라인 메시지를 보낸 날이기도 했다.

7월 26일 토요일 신월

슈세이는 드디어 새로운 시스템, '발견 소행성 자동 촬영'을 시험하기 시작했다.

나사와 몇 번의 라인 메시지를 주고받았다. 일단 퇴원을 축하하며 월요일에 데리러 가기로 약속했다.

나사에게는 소행성 수색을 시작했다는 사실을 아직 알

리지 않았다. 가능하면 소행성을 찾아서 놀라게 해 주고 싶었지만 역시 그렇게 쉽지는 않을 것이다.

단 한 가지 확실히 말할 수 있는 것은, 지금 망원경이 향하고 있는 방향 어딘가에 분명히 새로운 소행성이 있으리라는 것이었다.

소행성의 수는 방대하다. 관측 기술이 진보함에 따라 새로 발견되는 수가 매년 늘고 있지만 아직 발견되지 않은 것이 더 많으므로 언제 지구로 충돌할지 모르는 소행성을 발견하기 위해 세계 각지에서 노력하는 관측팀들이 있다. 미츠히코가 하는 일도 이른바 그런 팀에서 하는 연구의 일종이었다.

즉 아무리 어려워도 발견할 거란 기대는 할 수 있다. 많은 헌터들이 오늘날에도 새로운 소행성을 찾을 수도 있다고 생각하고 있다.

슈세이가 시스템의 최종 체크를 마치고 엔터 키를 누르자 지정한 방향으로 망원경이 움직였다. 망원경은 몇 분간의 노출을 반복하면서 자동으로 촬영을 시작했고 눈으로 봐서는 잘 모를 정도로 미세하게 움직이며 촬영 영역을 세밀하게 구부해나갔다.

그 작업에 슈세이가 더 할 일은 없었다. 슈세이는 망원경에게 수색을 맡기고 아래층 거실로 내려와 나사가 앓고 있는 병에 대해 조사를 시작했다.

구체적인 병명은 아직 모른다. 시즈쿠 씨도 굳이 말해 주지 않았다. 하지만 심장이식이 필요한 병이라면 대개 심각한 심기능 저하를 동반하는 심근증이나 허혈성심질환 등을 들 수 있다.

평소의 나사를 생각하며 그러한 문헌을 읽고 있노라니, 나사는 건강해 보여 심장이식 이외에는 방법이 없는 위중한 환자라고는 도저히 생각되지 않았다.

'그래도 이식이 필요하다고 주치의 선생님이 말한 이상 겉모습만으로 판단할 수는 없지.'

그 상황을 알면서도 시즈쿠 씨는 나사를 부탁했다. 그 마음을 알기에 최고의 것을 줄 수는 없더라도 최선은 다하고 싶었다. 의사가 아닌 자신이 할 수 있는 일이 무엇인지 알아야 했다.

나사의 병을 안 이상 지난번처럼 밤하늘을 보여 주러 산속으로 들어갈 수는 없다. 아무리 본인이 가고 싶다고 해도 슈세이 입장에서는 데리고 갈 수가 없다.

다행인 건 슈세이는 응급처치에 관한 지식이 있고 천문대에는 대비 용품이 있다는 것이다. 그렇기에 두 사람의 거점은 이곳이 될 수밖에 없었다.

그런 생각을 하던 중 문득, 그래도 시즈쿠 씨는 나사를 보내주었다는 걸 깨달았다. 슈세이가 시즈쿠 씨와 같은 입장이었다면 나사를 그 먼 곳까지 보낼 자신이 없었을 것이다.

분명 그건 시즈쿠 씨도 마찬가지였을 텐데… 이런저런 생각 끝에 슈세이는 고개를 저었다.

나사가 오지 못하는 동안에도 슈세이는 혼자서 천문대에 왔었다. 1년 전에는 이곳에서 할아버지와 함께 있었다. 그리고 할아버지가 떠나고 1년 만에 이곳을 찾은 그날부터 나사가 있었다. 나사는 어느새 슈세이에게 지울 수 없는 존재가 되어 있었다.

이날 밤은 소행성으로 볼 만한 광적이 몇몇 포착됐다. 모두 기존에 발견된 천체였지만 시스템이 정상 가동되는 것을 확인했다.

"이제부터 시작이다. 잘 부탁해, 내 수색 파트너."

슈세이의 조용한 싸움이 시작됐다. 나사도 싸우고 있다. 두 사람의 싸움은 반드시 이 우주로 이어질 거라고, 슈세이는 믿고 있었다.

7월 28일 월요일

오늘은 나사가 퇴원하는 날이어서 슈세이가 데리러 갔다. 물론 퇴원 절차를 밟기 위해 시즈쿠 씨도 오긴 했지만, 나사는 슈세이와 있고 싶다며 슈세이의 차 조수석에 탔다.

"퇴원한 지 얼마 되지도 않았는데 어딘가 가고 싶다니, 진심이야?"

"응. 입원해 있는 동안 심심했거든. 인터넷을 하거나 책을 보거나 TV를 보는 것밖에 할 수 없었어. 건강한 사람이 입원해 있었으니 지루했지."

나사는 '건강'한 사람이라고 했다. 물론 그것은 굳이 입 밖에 꺼내지 않은 사실을 감춘 '건강'이었다. 나사가 입원했을 때부터 두 사람 사이에는 암묵적인 양해가 있었다.

나사는 아무 일도 없는 것처럼 행동했고 슈세이도 굳이 나사의 병세가 어떤지 파고들지 않았다. 그렇다고는 해도 슈세이는 만일을 대비해서 차에 휴대형 AED를 가지고 다녔다.

천문대에 있던 것 중 하나를 싣고 다닐 뿐인데 느껴지

는 안정감이 달랐다. 시즈쿠 씨에게도 이러한 사실을 미리 이야기해 두었기 때문에 나사가 여기에 오는 것을 허락했는지도 모른다.

"슈세이 군, 도착하면 사진 보여 줘!"

입원 중에 우리가 했던 약속이었다. 천문대로 가는 길에는 시시콜콜한 이야기들을 주고받았다. 별과 우주에 관한 이야기를 많이 하는 것은 당연했지만, 나사의 지식은 비약적으로 늘고 있었다. 입원 중에도 여러 가지를 읽은 것 같았다.

우주란 신기한 것이다.

일출과 일몰부터 시작해서 내비게이션에 사용하는 GPS나 휴대전화의 전파 등 온갖 것에 우주와 지구의 물리 법칙이 사용되고 있다. 현대 사회는 우주와 밀접한 관련이 있다. 단지 일상에서는 그걸 깨닫지 못할 뿐이다.

나사는 우주에 대해 흥미를 느끼기 시작했다. 이제 막 그 매력에 빠져들기 시작한 나사를 잘 이끌어 줄 수 있을까, 생각하며 오랜만에 깊은 대화를 즐겼다. 슈세이는 이 시간이 계속 이어졌으면, 하고 바라면서 핸들을 잡았다.

"와! 예쁘게 나왔어!"

모니터에 비친 망상성운 사진을 보고 나사는 들떠 있

었다.

별이 초신성 폭발을 일으킨 후 그 잔해가 퍼진 모습이었다. 일반적인 구도이긴 했지만 역시 직접 찍은 사진을 보는 것은 감동이 더할 것이다.

"어때? 좀 작긴 하지만 액자로 해 놨으니까 기념으로 줄게."

"우와, 대박이다! 이렇게 인화하니까 또 달라 보여!"

"그렇지?"

"고마워! 내 방에 잘 세워 둘게!"

슈세이는 나사가 기뻐하는 모습이 자신에게도 힘이 된다는 것을 최근 들어 더 강하게 느끼고 있었다.

그녀의 어두운 얼굴은 보고 싶지 않았다. 그래서 슈세이는 앞을 향해 나아가기로 했다. 앞으로 무슨 일이 있어도 이제 뒤를 돌아보며 멈추지 않기로 했다.

"다음에는 내가 직접 찍어 보고 싶어. 그때는 셔터만 눌렀지만 다음엔 내가 직접 천체를 골라서 구도도 정하고, 이것저것 다 해 보고 싶어!"

나사의 호기심에 불이 붙은 것 같아서 슈세이도 적극적으로 도와주기로 했다.

"그럼 망원경 사용법부터 알려 줘야겠다. 은근히 귀찮

은 작업일지도 몰라."

"괜찮아. 나는 머리가 좋으니까!"

"네 머리가 좋다고 네 입으로 말하는 거야?"

"뭐지, 그 눈빛은…? 설마 못 믿는 거야? 두고 봐, 금방 다 외워줄 테다!"

이날은 날씨도 좋고 달도 밝지 않아서 별을 보기에 절호의 기회였지만 투덜대는 나사를 달래 집에 잘 데려다주었다. 역시 퇴원 첫날부터 밤늦게까지 노는 건 곤란할 것이다.

내친김에 말하자면 소행성 수색 시스템을 좀더 세밀하게 조정하고 싶었다. 언젠간 나사에게도 이 시스템을 보여 줘야 할 텐데 그때는 가슴을 펴고 "이걸로 찾아보자!"라고 말할 수 있는 상태로 만들어 두고 싶었다.

지금 슈세이가 나사를 응원할 수 있는 방법은 이런 것뿐이었다. 답답하다 할 수도 있겠지만 할 수 있는 일과 그걸 할 시간이 있다면 그건 해야 하는 일이야, 하고 슈세이는 묵묵히 도전과 실패를 반복했다.

아무것도 안 찍히는 날도 있었고 이미 발견된 소행성이 찍히는 날도 있었다. 데이터가 늘어날수록 확인 작업은 빠르고 정확해져 갔다. 미츠히코도 슈세이와 마찬가지로 도전과 실패를 반복하며 정밀도를 높이고 있었다.

언젠가 미츠히코에게도 나사에 대해 말해 줘야지. 올 여름 할 일이 산더미처럼 쌓여 있었다.

밤에는 시즈쿠 씨로부터 감사와 부탁을 전하는 전화가 왔다.

"나사가 슈세이 씨에게 천체 촬영을 배우고 있다고 들었습니다. 이번 여름이 마지막이 될지도 모르지만 아무쪼록 잘 부탁드립니다. 그리고 나사의 친구가 되어 주셔서 감사합니다."

"최대한 열심히 하겠습니다."

슈세이는 그렇게 대답할 수밖에 없었다.

희망과 기대, 불안, 그리고 절망. 그것은 마치 칠월칠석 전설에서 견우와 직녀를 갈라 놓은 은하수처럼, 슈세이와 나사 사이를 가로막고 있었다.

8월이 곧 다가오고 있었다.

제3장

까치가 놓아 주는 다리를 찾아서

나사는 매일 천문대에 왔지만 예전처럼 전기자전거를 타고 오지는 못했다.

나사가 천문대에 오는 날은 시즈쿠 씨에게 허락을 받고 슈세이가 데리러 갔다.

나사는 그것을 순순히 받아들이고 있었다.

입원 사실이 알려진 후 나사는 슈세이와 일정한 거리를 유지하고 있는 것 같았다. 여전히 두 사람 사이에서 나사의 병이 화제에 오르는 일은 없었다.

오로지 나사의 새로운 취미인 천체 사진 이야기에 집중했다.

"아빠한테 카메라 받았어."

"오, 그거 꽤 괜찮은 카메라야."

"나 준다는 핑계로 새 걸로 바꿨다고 했어."

"역시 그렇구나. 알지, 알지."

달이 점점 밝아지는 시기라 본격적인 촬영은 못 했지만 망원경의 조립이나 세팅, 천체 포커싱과 기본적인 촬영 기법 등을 매일 조금씩 알려 주고 있었다. 그러면서 나사가 얼마나 똑똑한지 알 수 있었다.

나사는 슈세이가 알려 준 것을 이미지트레이닝으로 반복 복습하기라도 하는지 배우는 속도가 엄청 빨랐다. 별에 대한 지식을 흡수하는 것도 빠르고 집중해서 숙지하는 데도 능한 것 같았다.

나사는 마음이 급해 보였다.

심장질환은 생명에 직접적인 영향을 준다. 할아버지를 가까이서 지켜본 슈세이는 그게 어떤 일인지 잘 알고 있었다.

무슨 이유인지는 모르겠지만 자신보다 어린 소녀가 할아버지가 지녔던 것과 같은 위험을 안고 슈세이의 곁에 있다. 운명론자는 아니지만 슈세이는 거기서 왠지 모를 신비로움을 느꼈다.

"이 망원경과 천문대의 망원경은 모양이 다르네. 뭐가 다른 거야?"

"이 작은 건 굴절망원경, 저건 반사망원경의 일종으로 리치-크레티엔식이라는 거야. 망원경에는 여러 종류가 있고 용도에 따라 설계도 크기도 달라지거든."

"흠. 클수록 더 잘 보이겠지?"

"보통은 그렇지만 크다고 다 좋은 건 아니야. 원하는 천체를 잘 보려면 지구 대기의 영향까지 생각해서 장비를 적절하게 선택해야 하거든."

"그렇구나. 그럼 얼마 전 망상성운을 찍은 것도 굴절망원경을 쓴 거야?"

나사는 스스로 여러 가지 생각을 하고 의문점을 찾아내 슈세이에게 질문했다.

간혹 슈세이도 대답이 막히는 질문도 있어 시간을 좀 달라는 말을 하기도 했다.

대화의 내용은 점점 깊어 갔다. 미치도록 즐거웠던 나날은 순식간에 지나갔다. 정신을 차려 보니 8월 12일 화요일, 페르세우스자리 유성군의 날이 다가오고 있었다.

이날의 월령은 18.3이었다. 보름달보다는 조금 어두운 달이 거의 밤새 천공을 비추는 날이어서 별을 보기에는 적합하지 않은 밤이었다.

그렇지만 페르세우스자리 유성군의 극대일*인 이날은 드물게 전 세계 많은 사람들이 우주를 올려다보는 날이기도 했다.

슈세이와 나사는 천문대 밖 전망이 좋은 언덕에서 일몰을 바라보고 있었다.

"오늘 별똥별이 보이려나?"

"달이 밝기는 하지만 그에 뒤지지 않는 별똥별이 흐를 거야."

"기대된다! 나 별똥별이 떨어지는 건 제대로 본 적이 없어."

"평소 하늘을 바라보지 않는 사람들은 그렇겠지. 꽤 예쁜데."

"별똥별을 보면 소원을 빌어야지."

태양이 지평선 밑으로 점점 가라앉으며 어슴푸레 별이 보이기 시작하는 하늘을 올려다보면서, 나사는 에헤헤, 하고 웃었다.

어떤 소원을 비는 걸까 생각하며 슈세이는 하늘을 바

* 관측하기 가장 좋은 날.

라보는 나사의 옆얼굴을 바라보았다.

나사는 항상 웃는 얼굴이다. 지금은 눈앞에 보이는 하늘 저편을 동경하는 눈빛이었다. 슈세이는 그런 나사의 얼굴을 보는 것을 좋아했다. 그리고 무서웠다.

나사가 정말 어디론가 사라져버릴 것 같다는 불안감이 엄습했다. 그런 슈세이의 불안함과는 달리 오늘은 여름에 보기 드물게 하늘이 투명했다.

어슴푸레한 햇빛도 서서히 사라져 가며 환상적인 그러데이션을 보여 주고 있었다. 고마단 산에서도 그랬지만 나사와 있으면 투명한 하늘을 만나는 일이 많은 것 같았다.

"이 순간이 되게 좋아졌어."

"잘됐네. 천문가의 세계로 들어온 걸 환영해."

"누가 그 세계로 안내해 준 걸까?"

"나사가 직접 뛰어든 게 아닐까?"

"그런가?"

나사는 자기 행동을 돌이켜 보는 것 같았다. 음, 하고 잠시 고민하는 듯하더니 "확실히 그렇지도." 라고 말하며 고개를 끄덕였다.

"하지만 그 계기는 공민관에서 했던 관측 체험이었던 것 같아. 거기서 만난 게 슈세이 군이었으니까 슈세이 군도 책임을 져야지."

"음, 책임이라……."

그렇게 답하긴 했지만 그 책임을 지기 위해 슈세이는 시스템을 가동했다.

시스템은 3일 전 시험 가동을 마치고 본격 가동에 들어갔다. 하지만 아직 나사에게는 소행성 수색을 시작했다는 사실을 말하지 않았다.

오늘도 타이밍을 봐서 돔을 열고 시스템을 가동할 생각이지만 가능하면 나사에게는 좀더 나중에 말할 생각이었다.

"근데 별똥별은 언제부터 보이려나?"

"완전히 어두워지면 드문드문 보이겠지만 유성이 본격적으로 흐르기 시작하려면 한밤중은 되어야 할 거야."

유성군에는 복사점이라고 불리는 출현 중심점이 있다. 페르세우스자리 유성군은 복사점이 위치한 페르세우스자리가 떠오르는 깊은 밤부터 본격적으로 볼 수 있다. 다만 오늘은 페르세우스자리 유성군이 가장 잘 보이는 극대일이므로 밝은 유성들은 그보다 앞서서 산발적으로 보이기도 할 것이다.

"기다리기 힘들면 지금은 자도 돼. 밤이 되면 깨워 줄게."

"음, 너무 좋은 하늘인데 아깝다. 일어났을 때 흐려지거나 하진 않겠지?"

"레이더를 보니 오늘은 밤새 쾌청해."

"그럼 믿고 조금만 잘까? 수면 부족은 피부에 안 좋으니까."

슈세이는 수면 부족이 심장질환에 매우 안 좋다는 걸 알고 있었다. 그리고 나사도 아마 알고 있을 것이다.

슈세이가 "만약 무슨 일이 생기면 침대 옆에 있는 버튼을 눌러." 라고 말하자 나사는 침실로 들어가며 "응." 하고 대답했다. 무슨 일인지 굳이 말하지 않아도 두 사람은 이해하고 있었다.

침실에서 나사가 선잠을 자는 동안 슈세이는 돔을 열고 주 망원경을 가동시켰다. 이제 아침까지 자동으로 촬영을 하는 일만 남았다.

그리고 AED 배터리를 확인했다. 휴대용 배터리를 돔 안에 하나, 침실에 하나 두었고, 유성을 볼 야외에 미리 내놓은 가방 안에도 하나를 두었다. 거실에는 설치된 것이 있었다. 침실에는 긴급신고 버튼이 있어서 곧바로 응급실에 연락을 할 수 있고 이상 상황이 생기면 천문대 전체에 전달할 수도 있었다.

할아버지의 요새였던 이 천문대에는 나사와 함께 있을 때도 꼭 필요한 종류의 설비가 갖춰져 있었다. 그래도 더욱 꼼꼼히 신경 써서 예상치 못한 사태에 대비하고 싶었다.

"할아버지가 옛날에 나한테 하나하나 잔소리하셨던 게 생각나네."

주로 할아버지와 놀다 보니 슈세이에게 또래 친구라고는 미츠히코 정도밖에 없었다. 여름방학에도 천문대에만 틀어박혀 있어서 할머니가 걱정이 많았다.

슈세이는 지금의 자신이 예전의 할아버지가 되고, 나사는 그때의 슈세이가 된 것 같다고 느꼈다. 그러면서 동시에 자신을 다시 꿈꾸게 해준 나사가 할아버지 같은 존재처럼 느껴지기도 했다.

"운명의 여신이 있는지 잘 모르겠지만 잘 짜 맞추셨네."

"역시 달은 밝구나."

해가 지고 얼마 지나지 않아서 보름달과 비슷할 만큼 밝은 달이 떴다. 복사점이 위치한 페르세우스자리가 떠오를 무렵에는 꽤 높은 위치까지 와 있을 것이다.

"별똥별이 잘 보이면 좋겠는데."

달빛이 환할 때도 보일 만큼 밝은 별똥별은 평소에는 잘 떨어지지 않는다. 하지만 이 유성군은 다르다. 가장 활발한 시간대에는 1시간에 60개 정도의 별똥별이 흐르고, '화구'라고 불리는 밝은 별똥별도 제법 볼 수 있다. 운석이 될 만한 것은 잘 나오지 않지만 전 세계로 범위를 넓혀 보면 운석이 떨어지는 경우도 1년에 몇 번 정도는 있다.

지구는 항상 우주로부터 날아오는 것들에 노출되어 있다는 현실도 일상생활에서는 좀처럼 느낄 수 없지만 유성군의 날은 그것을 가장 가까이 느낄 수 있는 날이기도 하다.

그리고 운석의 크기가 거대하면 그야말로 소행성이 떨어진다고도 할 수 있어 인류의 멸종으로까지 이어질 수 있다. 그렇기 때문에 소행성을 수색하고 발견하는 건 의의가 있다.

다만 슈세이에겐 그런 명목보다 중요한 게 있었다. 나사의 이름을 우주에 올리는 일. 그렇게만 되면 인류가 지속되는 한 그 이름은 영원할 것이다.

"나사가 살아 있는 동안 할 수 있으면 좋겠다."

주위에 아무도 없는 것을 확인하고 나서 슈세이는 자신도 모르게 소리를 냈다.

슈세이는 천문대 돔 안에서 소행성을 찾기 위해 묵묵히 촬영하고 있는 망원경을 보며 기도하듯 중얼거렸다.

"잘 부탁해, 수색 파트너. 할아버지의 꿈, 나의 꿈, 그리고 나사의 꿈을 다 너한테 떠맡겨서 미안하긴 하지만 한 번 성공한 적도 있잖아."

물론 장비는 생명체가 아니다. 그렇지만 오래 쓰다 보면 애착이 생긴다. 일본에는 쓰쿠모가미*라는 민간신앙이 있을 정도로 예전부터 사람들은 도구에게서 영혼의 기운을 느껴왔다.

할아버지와 자신, 2대에 걸쳐 별을 찾고 있는 이 망원경에도 영혼이 깃들어 있다면 분명 소행성을 발견해 나사의 이름을 붙일 수 있겠지. 슈세이는 그렇게 믿고 싶었다.

나사가 잠든 사이에도 유성은 흘러가고 있기 때문에 유성 촬영용으로 하늘 전체를 찍을 수 있는 360° 어안렌즈를 낀 카메라 한 대의 셔터를 눌러 놓았다. 밝은 유성이 흐르면 잡아줄 것이다.

시간은 조용히 흘러갔다.

일주 운동으로 인해 별은 동쪽에서 서쪽으로 흘러간다. 해가 떠 있는 동안에도 하늘에서는 별이 반짝이고 있다. 해가 너무 밝아서 보이지 않을 뿐이다. 당연한 일이지만

* 일본의 민간신앙에 등장하는 신. 오랜 세월 쓴 물건 등에 신이나 정령이 깃든 것을 의미한다.

일반적인 사람은 눈치채지 못한다.

우리의 인생도 비슷할지 모른다. 주위의 사람보다 밝게 빛나지 못한 사람은 아무도 모르게 그 생을 마감하게 될 것이다. 그래서 나사는 초신성을 동경했다. 슈세이도 그 마음을 알 것 같았다.

신천체를 찾고 싶었던 건 공명심 때문이 아니었다. 그건 슈세이와 할아버지 사이에 있는 유대이자 낭만이었다. 하지만, 다른 사람에게 제1보를 빼앗긴 후 비로소 알게 되었다. 세상엔 공명심으로 별을 찾는 놈도 분명히 존재한다는 것을.

한번 외면했던 세계를 다시 돌아볼 수 있게 된 건 분명 나사 덕분이었다. 그렇기에 슈세이는 무슨 수를 써서라도 나사의 소원을 이루어 주고 싶었다. 나사는 별이 되고 싶어 하고, 슈세이는 그것을 이루어 줄 만한 능력과 환경을 갖췄다. 나머지는 운이었다.

운이 좋으면 수색을 시작하자마자 초신성을 발견하기도 한다. 이시가키지마 천문대에서 진행한 고등학생 체험 활동, 불과 며칠간의 관측으로 새로운 소행성을 발견한 적도 있다. 슈세이는 운명의 여신의 옷자락을 잡고서라도 찾아내리라 다짐했다.

행동하지 않으면 결과는 따라오지 않는다. 나사를 보고 있으면 용기를 낼 수 있었다. 자정이 됐을 무렵 슈세이가 깨우지도 않았는데 나사가 일어났다.

"좋은 아침…?"

"밤중이야."

"아… 일단 세수하고 올게."

일어나는 게 힘들었는지 나사는 그대로 화장실로 가서 세수를 했다. 슈세이는 나사에게 수건을 건네기 위해 조금 늦게 뒤를 따랐다.

"아, 안 돼. 나 지금 약 먹어."

갑자기 그렇게 말하고 나사가 뒤돌아서자 슈세이도 황급히 몸을 숨겼다.

'나는 왜 숨어 있는 거지…….'

머리보다 몸이 먼저 움직여버렸다.

나사는 항상 지니고 다니는 파우치를 가져와 바스락거리며 약을 꺼냈다.

세면대 위에 놓은 약의 양에 슈세이는 놀랐다. 저번에 봤던 약 개수에 비할 바가 아니었다. 아마도 약이 늘어난 것 같았다.

"이제 남은 시간이 별로 없으려나?"

포장지를 뜯어 약을 하나씩 꺼내면서 나사는 작게 중얼거렸다. 그 자리에 있기가 힘들어진 슈세이는 잠깐 자리를 떠났다.

이것이 현실이었다. 나사의 목숨은 확실히 닳아 가고 있었다. 남은 시간이 얼마나 될지 슈세이는 알 수 없다. 나사도 마찬가지겠지. 다만 그렇게 긴 시간이 남아 있지는 않을 것이다.

나사를 잃을지도 모른다는 두려움에 슈세이는 떨고 있었다.

도망치듯 거실로 돌아와 주방 식탁을 짚고 간신히 몸을 지탱했다.

"할아버지, 부탁이니까 나사를 데리고 가지 말아 주세요……."

기도할 대상이 잘못됐다는 건 알지만 지금은 기도할 사람이 천국에 있는 할아버지밖에 없었다.

"슈세이 군, 미안한데 혹시 수건 있어?"

나사의 목소리에 슈세이는 정신을 차렸다. 심호흡하며 평정을 되찾은 후 아무 일도 없었다는 듯이 수건을 건네주었다.

나사는 평소의 밝은 미소를 지닌 소녀의 모습으로 돌

아갔다.

자정을 지나 드디어 본격적으로 유성이 흐르는 시간이 되었다. 두 사람은 천문대 밖으로 나와 바닥에 캠핑용 단열 매트를 깔고 누웠다. 유성 관측은 하늘을 쳐다봐야 하기 때문에 오래 관측하면 목이 아파서 그걸 방지하는 방법이었다.

"대박이다! 뒹굴뒹굴해도 눈앞에 하늘밖에 없어!"

"이렇게 보는 거 처음이야?"

"응, 처음이야. 바로 1달 전까지만 해도 이렇게까지 별을 볼 기회가 없었거든."

별이나 우주를 좋아해도 별을 직접 볼 기회는 좀처럼 쉽게 얻을 수 있는 것이 아니다.

슈세이도 어릴 때부터 별 보는 걸 좋아했지만 본격적으로 별을 보기 시작한 것은 고등학생이 된 이후부터였다.

"뭔가 우주에 안겨 있는 느낌이네. 기분 좋다."

무더운 여름밤이었지만 이곳은 해발고도가 높아서 선선한 바람이 살랑살랑 불어 두 사람의 뺨을 어루만졌다. 달빛을 받은 나사의 눈은 역시 먼 곳을 향해 있었다.

획, 밤하늘에 빛의 선이 그어졌다.

"와! 떨어졌다! 떨어졌어, 슈세이 군!"

"응, 나도 방금 봤어. 저건 그렇게 밝은 별똥별은 아니었지만 이제 슬슬 쏟아지기 시작할 거야."

"방금도!"

"지금부터 몇 시간 동안이 잘 보이는 시간대야."

별똥별이 떨어지는 빈도가 점차 잦아졌다. 몇 분이라도 하늘을 보고 있으면 드문드문 별똥별이 떨어지는 걸 볼 수 있었다. 그때마다 나사가 환호성을 질렀다.

"우와! 대박, 대박, 대박! 우와!"

"오, 방금 거 엄청 컸다!"

화구 하나가 밤하늘에 밝고 기다란 흔적을 남겼다.

"아잇, 소원 못 빌었어!"

"대박이라고 세 번 말했으니까 뭔가 대단한 일이 이루어지는 거 아닐까?"

"내가 세 번이나 말했나?"

"응, 세 번 말했어."

"그렇구나! 하지만 소원 비는 건 좀처럼 쉽지 않네… 우와! 크다, 크다, 크다!"

또 화구가 떨어졌다.

별똥별, 특히 큰 화구가 흐를 때 사람들의 반응은 대체로 비슷했다. 체공 시간이 아주 긴 화구가 아닌 이상 냉정하게 소원을 말할 수 있는 사람은 얼마 없었다. 대부분의 경우 별똥별은 순식간에 천공을 가르고 사라져버리기 때문이다.

"저렇게 큰 별똥별은 처음 봤네. 멋있다."

"저래도 본체는 꽤 작을걸? 커 봤자 몇 센티, 작으면 밀리미터 단위야."

"그렇구나. 그럼 어두운 건 더 작겠네. 그래도 저렇게 빛나는구나."

나사는 몸을 일으켰다.

"작은데도 마지막에는 저렇게 빛나며 '나 여기 있어.'라고 말하고 있다니."

슈세이도 몸을 일으켜 나사 옆에 앉았다.

"있잖아, 소행성은 아니지만 저 별똥별, 우리가 발견했잖아. 다른 사람도 봤을 수도 있지만 못 봤을 수도 있잖아? 어두운 건 특히 더. 그게 뭔가 신기해."

"그럴지도 모르지. 별똥별이 떨어지는 순간 그쪽을 보고 있어야 볼 수 있으니까. 그런 의미에서 신천체를 발견하는 거랑 비슷하네."

"우와, 그렇네. 그럼 소행성도 찾을 수 있을까?"

숨소리가 들릴 정도로 가까운 거리에서 나사가 기쁜

듯이 슈세이를 올려다보았다.

사실 천문대에서는 지금도 소행성을 찾기 위한 시스템이 돌아가고 있었다. 지금이 그 사실을 전할 타이밍인가, 슈세이는 망설였다.

하지만 막상 입에서 나온 말은 다른 것이었다.

"작년에 찾은 신천체는 제2보였다는 말, 기억하지?"

"응, 기억하지. 아쉬웠겠어."

"그거, 사실은 내가 첫 번째였어."

"응? 그게 무슨 말이야?"

슈세이는 전에 말하지 않았던, 제1보를 히로세가 가로챈 사건에 대해 입을 열었다. 말하면서 씁쓸한 기억이 다시금 떠올랐다.

한마디씩 쥐어짜듯, 슈세이는 작년에 있었던 일에 대해 모두 털어놓았다.

나사는 그 이야기를 가만히 듣고 있었다. 그리고 그제서야 1년 동안 이 천문대가 닫혀 있던 진짜 이유를 이해한 듯했다.

"나는 그 사건 이후 계속 별을 볼 수가 없었어. 하지만 나사 네 덕분에 지금 여기까지 오게 된 거야."

할아버지의 죽음, 제1보를 빼앗긴 사건, 무엇보다도 나사의 지금 상황을 생각하면 더이상 말이 나오지 않았다. 몸을 일으킨 슈세이는 무릎을 끌어안은 채 금방이라도 쏟아져 나올 듯한 눈물을 참아냈다.

"그렇구나… 슈세이 군도 열심히 했네. 쭉 열심히 살았구나."

옆에 있던 나사가 일어난 듯했다. 몇 초 후, 등 뒤에서 살며시 껴안는 느낌이 났다. 나사의 작은 몸집으로 슈세이의 몸 전체를 안을 수 없었지만 한껏 숙인 슈세이의 머리를 등 뒤에서 감싸 안았다.

"제멋대로 하고 싶은 말만 해서 미안해. 그렇지만 슈세이 군이 소행성을 찾아 주길 바라는 건 진심이야. 누가 찾는지가 중요하니까."

부드러운 목소리가 슈세이의 귓가에 기분 좋게 울렸다.

"왜냐하면 말이야. 예를 들면 그 가로챈 놈이 소행성을 발견해서 거기에 내 이름을 붙인다면 나도 그건 싫으니까."

그 순간 슈세이의 머리를 감싸 안은 나사의 손에 힘이 들어갔다. 등 전체로 나사의 체온이 전해졌다. 나사에게 안긴 머리에 나사의 심장 소리가 전해졌다.

두근, 두근, 나사의 생명의 리듬이 규칙적으로 울렸다.

이 소리가 영원히 멈추는 때가 얼마 남지 않았다는 말인가.

"슈세이 군, 과거만 돌아보고 있으면 계속 과거에 얽매이게 돼."

슈세이가 고개를 떨군 채 말을 잇지 못하자 나사는 말했다.

"나도 많은 일이 있었지만 어느 날부터인가 미래를 맞이하러 가야겠다고 생각했어. 이젠 과거에 얽매이지 않아. 지금의 나는 계속 미래를 손에 넣고 싶다는 생각을 해."

슈세이는 그 말을 가만히 듣고 있었다. 나사도 딱히 대답을 기대했던 것은 아닌지 그대로 말을 이어 갔다.

"별은 참 멋져. 오랜 시간 동안 계속 그 자리에 있으니까. 나의 과거나 미래도 저 별들에게는 찰나의 순간이겠지만, 계속 따스히 지켜봐 주고 있잖아. 슈세이 군, 나는 오래전부터 계속 별이 되고 싶었어."

"별이 되고 싶었다라……."

이루어지지 않을 소원을 빌 듯 나사의 목소리가 떨렸다.

안겨 있는 동안 마음이 차분해졌다. 슈세이는 살며시 고개를 들었다. 지평선에서 천공을 향해 비추는 달빛에 지지 않고 빛나는 별들의 모습이 보였다.

"별이 되어서 슈세이 군이나, 아빠나, 엄마나 내가 좋아하는 사람들 모두를 지켜볼 수 있으면 좋을 텐데."

그때 슈세이는, '나에게 남은 시간은 얼마일까? 80세까지 산다고 하면 앞으로 60년 정도 될까? 그럼 나사에게는 어느 정도의 시간이 남았을까?' 같은 생각을 했다.

슈세이보다 3살이나 어린 나사에게 남은 시간은 얼마나 될까.

나사는 하루하루 남은 날을 세면서 코앞으로 다가온 마지막을 느끼고 있다. 그런데도 슈세이의 과거를 이해하고 그가 미래로 나아가길 격려하고 있었다.

"있잖아, 슈세이 군."

나사의 목소리가 또 떨렸다.

"나를 별로 만들어 주면 안 될까?"

지금까지 소행성을 발견해서 이름을 지어 달라는 농담 같은 말을 줄곧 들어왔지만, 오늘 나사가 조용히 전한 이 말은 슈세이의 마음을 깊이 도려냈다.

"…그럴게."

해보자. 아니 해야만 한다. 하지만 지금은 고작 알겠다고 짧게 대답하는 것밖에 할 수 있는 일이 없었다.

무릎을 끌어안고 있는 슈세이의 손등 위로 탁 떨어지는 물방울의 감촉이 느껴졌다.

그건 슈세이 자신의 눈물이었을까, 나사의 눈물이었을까.

둘만의 시간이 조용히 흘러갔다. 하늘에는 별이 흐르고 땅에서는 눈물이 흐르고 있었다.

"내년에도 같이 별똥별 보자, 슈세이 군."

"그래, 꼭 같이 보자."

"그리고 그때 '해냈다! 드디어 소행성에 이름을 붙였네!' 라고 얘기하자. 또 여기서 말이야."

"맡겨만 줘. 꼭 찾아줄 테니까."

서로의 얼굴이 보이지 않았지만 안 보는 편이 더 좋았을지도 모른다. 슈세이는 나사의 손을 잡았다. 지키지 못할 약속이 될 수도 있지만, 그래도 두 사람은 약속했다.

약속은 많은 편이 좋다. 그래야 우리가 원하는 미래를 그릴 수 있을 테니까.

8월 14일 목요일

"허허. 너 나한테 숨기고 그런 범죄를."

"그런 거 아니라고!"

나사와 유성 관측을 마친 다음 날, 슈세이는 미츠히코의 연구실에 얼굴을 내밀었다.

둘이서 검증을 거듭해 겨우 본격적으로 가동하기 시작한 소행성 수색 시스템을 업그레이드하기 위해서였다.

미츠히코에게는 이 수색을 왜 해야 하는지 말해야겠다고 생각했다. 그래서 나사가 누구인지 설명하고 슈세이와 나사가 처한 상황을 짧게나마 미츠히코에게 전했다.

"아니, 보자. 여자애 이름을 붙여 주기 위해 소행성을 찾는다는 건 뭐 너답지 않은 작업 멘트지만 그건 그렇다 치더라도 보통 그렇게까지 해? 그건 거의 연인이잖아."

"글쎄… 아직은 뭔가 그런 느낌은 아닌 거 같지만."

미츠히코가 지적하자 슈세이는 얼버무리며 팔짱을 꼈다.

확실히 거리는 가까워졌다고 생각한다. 나사를 좋아하는지 싫어하는지 묻는다면 확실히 호감은 갖고 있다. 하지만 그건 슈세이의 입장이고 나사의 마음이 어떨지는 연애 경험이 부족한 슈세이로선 도통 감도 오지 않았다.

"뭐, 그런 분위기에서 키스 하나도 못 한 소심한 네가 나빴네."

"그런 분위기 아니었거든."

한밤중에 별을 보기 위해 남녀가 단둘이 있는 상황은, 남들이 보기엔 절호의 기회일 것이다. 하지만 그때의 슈세이는 단지 나사에게 위로를 받고 있었다.

소행성을 발견하면 좋겠다는 생각에 가동한 시스템이지만 지금은 생각이 달라졌다. 반드시 찾아내고야 말겠다는 강한 의지로 변해 있었다.

"어쨌든 일단 관계가 진전되고 있긴 한 거네. 나도 단순히 널 돕기 위한 것보단 그 나사짱인가 하는 여고생을 위해서 하는 게 더 열심히 할 마음도 생기고 말이야. 사진 정도는 있지?"

"아, 아직 없어."

"야야야, 안 되겠다. 얼른 데이트해서 투 샷 하나 찍어와. 그리고 나한테도 보여 줘."

미츠히코에게 듣고 깨달았다. 나사의 사진 한 장 없다는 것을. 둘이서 찍은 사진도 없었다.

"근데, 미츠히코."

"왜."

"데이트면 내가 먼저 신청해야 해?"

"허허, 많이 컸네. 지금 당장 전화 해서 데이트 신청해!"

"하지 마! 야!"

그 순간 메신저 알람이 울렸다. 미츠히코는 가슴 주머니에 들어 있던 슈세이의 스마트폰을 순식간에 가져갔다.

✉슈세이 군, 내일 시간 있어?

나사가 보낸 메시지였다. 슈세이는 재빨리 스마트폰을 되찾아 수습하듯 말했다.

"미츠히코, 그래서 말인데 검증 작업 일정을 좀 조정해야 할 것 같은데."

"그건 내가 알아서 할 테니까 내일 데이트 계획이나 짜 둬. 먼저 데이트 신청하는 건 실패했으니까 에스코트라도 제대로 해라. 일도 연애도 충실한 놈아. 나사랑 사진도 꼭 찍고."

어서 가라는 듯 손을 내저으며 미츠히코는 컴퓨터 앞으로 향했다.

미츠히코식 배려에 고마워하며 나사에게 답장을 보낸 슈세이는 데이트에 어떤 옷을 입고 가야 할지 고민했다.

8월 15일 금요일

슈세이는 약속 장소인 우메다 빅맨 앞으로 향했다.

나사의 집으로 데리러 간다고 했지만 나사가 오전에 볼일이 있다고 해서 오후에 우메다에서 만나기로 했다.

"오! 일찍 왔네, 슈세이 군!"

30분 전에 약속 장소에 도착해서 좀 이른가 싶었는데 나사는 이미 나와 있었다.

"어? 아직 시간 안 됐지?"

"아직 30분 남았어. 슈세이 군, 대단한데? 이렇게 빨리 올 줄 몰랐어."

"아니, 나사야말로 왜……."

"사람 기다리게 하는 거 싫어서. 기다리게 하면 그 사람의 시간까지 낭비하게 되잖아. 그렇게 생각하다 보니까 일찍 오게 돼. 신경 쓰지 마."

"나도 그래서 항상 일찍 나가려고 하는 편이야."

"오, 좋다. 우리 궁합이 잘 맞는 것 같아!"

"궁합…? 그, 그렇지……."

함께 별똥별을 봤던 지난밤의 일을 의식하지 않을 수 없었지만 여전히 나사는 변함이 없었고 곧 다른 화제로 넘어갔다.

"그럼 이제 우리 플라네타리움* 보러 가자. 시립과학관으로!"

"플라네타리움?"

"아, 내가 말 안 했나?"

"말은 안 했지만, 뭐, 지금 우리에게 딱 맞는 곳일지도 모르지."

"그렇지! 좋아, 가자!"

"엇."

나사가 슈세이의 손을 잡고 재빨리 걷기 시작했다.

"잠깐, 잠깐만!"

"왜? 데이트인데 손 잡는 게 어때서? 아, 혹시 부끄러워? 모태 솔로라고 했지, 참."

붉게 달아오른 슈세이를 보며 그 이유를 간파한 나사는 노골적으로 도발하는 듯한 어조로 놀렸다.

"소, 손잡은 정도 가지고 아, 아무렇지도 않아! 그리고 나사도 솔로 기간이 곧 나이라고 했잖아."

"그래? 그럼 가자!"

"자, 잠깐만!"

* 반구형 천장에 설치된 스크린에 달, 태양, 행성 따위의 천체를 투영하는 장치.

나사는 잡았던 손을 놓고 슈세이의 팔을 잡았다. 한 단계 높은 팔짱으로 바꿨다.

'쳇… 지지 않을 테다…….'

이날의 나사는 그 어느 때보다 적극적이었다. 평소에도 꽤 들이대는 편이었지만 이날은 왠지 더 적극적으로 다가오는 걸 느꼈다.

플라네타리움은 매월 영상이 바뀌었다. 옛날에는 아날로그 감성을 담아 직접 손으로 조작하고 라이브 해설을 했지만 지금은 제작사에서 제공하는 영상에 해설을 담아 내보내는 것이 주류가 되고 있다. 말하자면 플라네타리움 영화 같은 것이다.

이번 달의 주제는 '신천체의 발견. 혜성, 소행성, 초신성 수색의 계보'였다.

"이야, 마치 우리를 위한 주제 같네."

"헤헤. 입원해 있는 동안 한가해서 인터넷으로 이것저것 찾아보다가 발견했어. 이건 보러 올 수밖에 없지. 게다가 슈세이 군의 새로운 도전을 위한 격려도 되지 않을까 싶어서 말이야."

"그래. 나도 미래를 향해 나아가고 싶으니까, 분명 좋은 자극이 될 거야."

"바로 그거야!"

나사는 역시 밝았다. 슈세이가 과거에 사로잡혀 한동안 마음이 죽어 있었을 때도, 나사는 무거운 병을 짊어지고 있으면서도 그늘진 모습은 보이지 않았다.

상영 벨이 울리자 돔 안에 있던 조명이 꺼지면서 점차 어두워졌다. 눈앞에 보이던 플라네타리움 투영렌즈도 어둠에 잠겨 보이지 않았다.

'오랜만이네, 이 느낌.'

옛날에는 자주 보러 왔었다.

무언가 시작되려는 때 느껴지는 설렘이 번져갔다. 이건 저물기 시작한 노을을 바라볼 때와 비슷하면서도 다른 감정이었다.

"와, 엄청 깜깜해."

옆에서 소곤거리는 나사의 설레는 듯한 목소리가 들렸다.

일본의 아스트로 헌터에 초점을 맞춘 프로그램이었다. 특히 코멧 헌터로 불리는, 새로운 혜성을 찾는데 열정을 기울이는 사람들의 이야기를 섞어 가며 역대 대大혜성을 플라네타리움에 투영해서 유사 체험을 할 수 있는 내용이었다.

'이건 멋있네.'

오랜만에 온 플라네타리움은 슈세이가 알던 것보다 훨씬 진화해 있었다. 투영된 밤하늘은 인공적인 것인데도 마치 진짜 밤하늘을 보는 듯한 착각에 빠지게 했다. 신틸레이션scintillation이라고 하는, 대기 흔들림에 의해 별빛이 깜빡이는 현상마저 생생하게 재현하고 있었다. 거기에 투영된 혜성은 단순한 사진이 아니었다. 슈세이가 아는 한 맨눈으로 봤을 때와 거의 흡사했다.

"대박……."

슈세이는 자신도 모르게 탄식했다.

대기의 흔들림에 맞춰 흔들흔들 흔들리는 것처럼 보이는 꼬리를 보면 마치 지금 그곳에 그 혜성이 있는 것 같았다.

"엇."

문득 팔걸이에 올려 놓은 손등으로 따뜻함이 느껴졌다.

"데이트잖아."

약간 놀리는 듯한 목소리로 나사가 속삭였다. 자그마한 손이 슈세이의 손을 잡았다. 뿌리칠 이유도 없어서 계속 그대로 영상을 봤지만 아예 나사의 손가락이 깍지를 끼고 들어오자 점점 가만히 있기가 힘들어졌다.

주제가 혜성에서 소행성으로 넘어갔다. 이쪽은 혜성에 비해 몹시 수수했다.

영상에서는 과거에 발견된 소행성 중에서 일본에서 유래된 이름을 가진 것을 몇 가지 소개했다. 발견한 순서대로 세 명의 성이 혜성의 이름으로 등록되는 것과 달리 소행성의 명명은 [10179 이시가키Ishigaki]나 [10166 타카라지마Takarajima]처럼 상당히 자유로웠다.

"멋지다. 내 이름도 우주에 남으면 좋겠는데."

"나사는 나사NASA이기도 하니까 네 이름은 우주 개발 역사에 계속 남을 거야."

"아니야. 나는 고토사카 나사로 남고 싶어."

주위에 관람객이 없어서 소곤소곤 이야기하는 정도는 괜찮았다. 어두운 공간이어서 그런지 슈세이도 나사와 손을 잡고 있는 게 점점 자연스럽게 느껴졌다. 슬며시 손깍지를 끼는 손길은 아직 익숙하지 않았지만 말이다.

영상 중반에는 소행성 발견담이 나오고 있었다.

"우와. 여중생이 발견한 것도 있구나."

"맞아. 이거 꽤 화제가 됐었어."

"그럼 슈세이 군도 찾을 수 있겠지?"

"나이는 관계없어. 이건 운이야."

정말 운도 중요했다.

수색 첫날에 찾을 수도 있고, 수십 년 동안 찾지 못할 수도 있다. 그날 그 시각 우연히 누구보다 빠르게 그 천체가 있는 방향을 보고, 심지어 그 존재를 눈치채야 한다.

하지만 장비의 사용 방법과 요령을 익히면 그다지 어렵지 않은 것도 소행성 발견이다. 그 증거로 같은 사람이 수십 개를 발견해서 이름을 남긴 적도 있다. 또 아직 발견되지 않은 천체도 꽤 있다고 알려져서 혜성이나 초신성처럼 우연히 발견하길 기다리는 경우보다는 훨씬 희망이 있다.

영상은 어느새 마지막 주제인 초신성 편으로 넘어갔다.

스크린에 가득찬 한 인물의 모습에, 슈세이는 순간 심장이 멎을 뻔했다.

"운이 좋았습니다. 설마 그런 곳에서 초신성이 발견될 줄은 저도 몰랐으니까요."

카메라를 향해 겸손하게 말하는 한 남자. 그는 슈세이가 잘 아는 인물이었다. 할아버지와 슈세이의 초신성 발견 성과를 빼앗은 남자, 히로세 카즈야스였다.

온몸이 떨려왔다. 슈세이의 떨림이 나사에게 전해졌는지 조물조물 움직이던 손가락이 멈췄다.

히로세는 지난해 초신성 발견자로 명성을 얻은 인물이다. 유명해진 뒤에는 언론에 나오거나 천문학 저널에 글을 쓰거나 강연을 하는 등 제법 열심히 활동하고 있었다.

그 소식은 듣기 싫어도 귀에 들어왔다. 의도적으로 귀를 막고 있었던 슈세이에게까지 이야기가 들려올 정도였다.

하지만 설마 이런 영상에까지 등장할 거라고는 생각하지 못했다.

"슈세이 군…?"

나사가 말을 걸어왔지만 슈세이는 대답할 겨를이 없었다.

화면에서는 히로세가 소행성 발견 당시의 이야기를 하고 있었다. 잘 짜여진 각본이었다. 발견 당시의 흥분과 감동을 관람자도 충분히 느낄 수 있는 말투였다. 약간의 연기도 하고 있었는데 그게 또 잘 먹혔다.

하지만 슈세이는 알고 있다.

이 남자가 신나게 떠드는 내용 대부분은 거짓말이라는 것을.

당시 고등학생이었던 슈세이가 아무리 이야기해 봤자 누구도 믿어 주지 않았다. 할 수 있는 일은 아무것도 없었다. 그저 분노에 사로잡혀 이를 악물고 있는 동안 그

비겁한 놈은 단숨에 스타덤에 올라 성공 가도를 달리고 있었다.

그 장면 이후로는 분노와 굴욕감에 짓눌려 다른 건 아무것도 눈에 들어오지 않았다.

영상이 끝나고 조명이 켜지자마자 말없이 일어나 나가려 하는 슈세이의 뒤를 나사가 황급히 쫓아갔다.

"슈세이 군, 무슨 일이야?"

플라네타리움에서 나오자마자 나사가 물었다.

"모처럼 손잡고 있었는데 먼저 나가다니, 매너 없어!"

나사는 장난치듯 밝게 말했지만 슈세이의 표정은 여전히 어두웠다.

"슈세이! 무슨 일인데 그래… 응?"

"아……."

나사가 목소리를 높이며 팔을 잡아당기자 슈세이도 정신을 차렸다.

"그렇게 무서운 얼굴을 다 하고……."

"아, 미안, 미안. 아무것도 아니야. 자, 이제 전시 보러 갈까?"

"그런 표정으로 데이트하자고 하고 말이지."

황급히 수습하려는 모습에 나사는 허리에 손을 얹고

볼을 크게 부풀렸다.

"좋아! 그럼 슈세이 군이 쏘는 걸로 하고 저기 가자!" 라고 말하고 여느 때와 같은 살가운 미소를 지으며 과학관 로비에 있는 디저트 가게를 가리켰다.

"저걸로 용서해 줄게!"

마음이 복잡했던 슈세이에게는 그야말로 천사의 미소 같았다.

"아, 맛있다! 달콤한 건 언제나 옳아!"

과학관의 명물 '목성 파르페'를 크게 한입 먹으며 나사는 행복해했다.

파르페가 든 유리잔 옆쪽에서 목성의 대기와 같은 줄무늬가 그려져 있고, 대적반* 대신 큰 딸기가 박혀 있었다.

"이 대적반 크지 않아?"

"그런 건 별로 상관없잖아! 그렇게까지 리얼할 필요도 없는걸. 아무튼 그것보다 말이야."

나사는 살짝 목소리를 낮추어 슈세이에게 속삭였다.

"아까 플라네타리움의 초신성 이야기가 혹시…?"

* 목성 표면에 있는 적갈색 소용돌이.

나사는 이미 짐작하고 있었다. 사람이 무언가를 숨기거나 가슴 아픈 기억을 떠올릴 때 슈세이가 지었던 표정을 한다는 걸 알고 있기 때문이었다. 자신의 투병 생활 속에서 부모님이나 다른 사람들의 눈치를 보며 배운 통찰력이었다.

슈세이는 굳은 표정 그대로 시선을 떨어뜨리고 입을 다물었다.

“저기, 슈세이 군.”

“응?”

“소행성 찾는 게 괴로우면 무리하지 않아도 돼. 얼마나 힘든지는 본인밖에 모르니까. 누구에게도 말 못 할 일이 있을 수도 있고.”

“아니, 그건…….”

“나도 여러 가지 숨기고 있는 일들이 있으니까! 나에게도 말 못 할 비밀이 많은걸!”

그것은 심장병을 의미하는 걸까. 나사가 안고 있는 ‘말 못 할 비밀’은 슈세이가 비할 것이 아니었다.

나사의 말과 미소에 슈세이는 한없이 위로받고 있었다.

“고마워. 나사는 항상 나를 위로해 주는구나.”

“여신 같지?”

정말 그랬다. 하지만 그렇다고 하는 것도 부끄러웠던 슈세이는 "그래그래." 하고 얼버무렸다.

"맞다. 전시 보는 것도 좋지만 오늘은 평소에 못 가는 곳으로 데려다줄게."

"정말? 어디 어디? 재미있는 곳?"

재미있는지 아닌지는 나사에게 달려 있지만 분명 좋아할 것 같았다.

"좋아! 가자!"

나사를 즐겁게 해 주기. 슈세이는 오늘은 그것만 생각하기로 했다.

히로세 카즈야스와 관련해서는 슈세이가 할 수 있는 일은 이제 더이상 없었다. 할 수 있는 게 있다면 이번에야말로 슈세이가 신천체를 단독으로 발견하는 것 정도였다. 그마저도 그놈에게는 아무런 충격도 주지 않겠지만.

"안녕하세요."

슈세이가 찾은 곳은 과학관 로비 홀에 있는 천문실이었다. 이곳은 슈세이가 중학교 때부터 드나들던 곳이다. 당시에는 과학관이 주최하는 천체관측 모임에 속해 있었고 매달 정례회에 참석했었기에 전시기획자 분들과는 안

면이 있었다.

“오, 슈세이 군 아닌가. 오랜만이야. 타이요 씨가 돌아가신 뒤부터 오지 않아서 다들 걱정했는데.”

“그때는 여러 가지로… 이제 다시 별을 보고 싶어서요. 신경이 쓰이기도 하고…….”

“그럼 됐어. 그런데 여기 이 꼬마 아가씨는?”

‘꼬마’라는 말을 들은 나사는 잠시 어색한 표정을 지었지만 이내 웃어 보였다.

“처음 뵙겠습니다! 고토사카 나사라고 합니다. 요즘 슈세이 군의 천문대에서 신세 지고 있어요!”

나사는 첫인상만으로도 호감을 사며 순식간에 천문실 직원과 친해졌다.

“오늘 영상 재밌었어요. 새로운 천체의 발견, 해 보고 싶어요.”

“선생님들한테는 존댓말하는 거야? 나한테는 처음 만났을 때부터 반말했잖아.”

“반말도 사람 봐 가면서 하지. 존댓말 해 드릴까요, 슈세이 씨?”

“어휴, 그만해. 더 어색하다.”

“그렇지?”

정말이지 못 이기겠다.

"이 아가씨는 여자친구야? 대단한걸. 옛날에는 여자 그림자도 못 밟던 슈세이가."

"정말요? 그 얘기 듣고 싶어요! 중·고등학생 때 얘기예요?"

"듣고 싶어? 얘가 말이야……."

"그만하세요!"

슈세이는 천문실에 있는 나이 지긋한 전시기획자 분께 여러모로 도움을 받아 왔기 때문에 솔직히 조심스러웠다. 별의 훌륭함을 알려준 것도 전시기획자분들이었다.

하지만 어릴 때는 장난도 많이 치고 혼도 많이 났던 만큼 어떤 부끄러운 과거 이야기가 나올지 상상도 못할 만큼 두려웠다.

"슈세이는 정말 별을 좋아했었어. 매주 와서는 책장의 책들을 닥치는 대로 읽고 컴퓨터를 만지작거렸거든. 다들 저대로 천문학자가 되는 것 아니냐고 했지."

"오, 그럼 슈세이 군은 이과야? 천문학부였던가?"

그러고 보니 슈세이는 나사가 입원해 있을 때 이 대학교 학생이라고는 했지만 학부까지는 가르쳐 주지 않았다.

"일단 이과대학이기는 해."

"천문학부가 아니구나."

"사실 그런 학부는 없어. 하지만 이과대학에서도 천체물리학 같은 것을 공부할 수 있으니까 문제는 없지."

일본에는 천문학부라는 전문 학부는 없다. 하지만 대부분이 이과 범주에 포함되며 천체물리학 같은 수업이 개설되어 있다.

천문학에 속하는 학문은 세분되어 보다 전문성이 높아지고 있지만 나사는 감이 오지 않는 것 같았다.

"흠. 어려운 건 잘 모르겠지만 열심히 하고 있군, 슈세이 군."

"뭐, 그렇지."

"열심히 하는 것은 좋은 일이지. 그래. 좋은 일이야."

"그게 무슨 말이야?"

"헤헤헤."

정말이지 이상한 소녀다. 나사는 말과 행동 하나하나가 사랑스러워서 마음이 갔다. 별스럽지 않은 말과 행동 하나하나도 슈세이의 마음을 위로해 주거나 따뜻함을 느끼게 해 주고 때로는 복잡하게도 했다.

'역시 이건 사랑일까.'

슈세이는 아직 그런 감정이 익숙하지 않았다. 나사를

좋아하는지 싫어하는지 묻는다면, 좋아한다고 대답할 것이다. 러브love냐 라이크like냐를 묻는다면 아직 대답하기 어렵지만 말이다.

"오늘 데이트야?"

"데이트예요."

천문실 직원이 가벼운 어조로 묻자 나사는 뻔뻔스럽게 그렇게 대답했다. 놀리려고 했는데 시원시원하게 돌아온 대답에 그 직원은 좀 김이 빠졌는지 슈세이 쪽으로 말을 건넸다.

"역시 여자친구 맞네. 맞지? 슈세이 군."

"아직 그런 건 아니에요."

"뭐, 아직 고백은 안 하셨지만요."

아직 명확한 관계는 아니어서 민감한 질문을 받은 슈세이는 당황했지만 야무지게 대답하는 나사는 즐거워 보였다.

"고, 고백이라니, 너 말이야……."

나사는 항상 같은 모습이어서 농담인지 진담인지 잘 모르겠다.

"언제든지 고백해도 돼. 받아 줄지 말지는 모르겠지만!"

"이……."

'히죽히죽 웃는 나사는 어디까지 진심일까.'

나사는 자신을 그저 편하게 놀아 주는 동네 오빠 같은 존재로 느낄 수도 있을 것 같아서 슈세이는 아직 용기가 나지 않았다. 함께 별똥별을 보던 밤에는 확실히 가까워졌다고 느끼긴 했지만 그 후 두 사람의 인력이 어떻게 작용할지 수식으로는 계산할 수 없었다.

두 사람은 같은 궤도를 함께 도는 연성이 될 것인지 단 한 번의 만남으로 끝나는 항성과 혜성 같은 관계가 될 것인지 알 수 없었다. 혜성이라면 가장 가까이 접근한 이후 점차적으로 멀어질 것이다. 그런 삶의 궤도를 예측하기에 슈세이는 미숙했고 계산할 요소도 충분하지 않았다.

"그러고 보니 슈세이 군, 그 초신성의 제2보였다지."

"아… 네, 뭐."

무심코 직원의 입에 오른 말에 슈세이의 얼굴이 굳어졌다.

그 순간 나사가 팔을 잡아당겼다.

"우리 전시 보러 가자."

"어? 아, 응. 그러자."

초신성 제2보 사건은 슈세이에게 아직 트라우마로 남아 있었다. 또다시 과거가 발목을 잡으려는 것이 느껴졌다. 그러나 결코 이대로 주저앉을 수는 없다.

"아 참, 슈세이 군. 마침 내일이 초신성 발견 1주년이거든. 히로세 씨가 신천체 발견에 대한 강연을 하는데 슈세이도 오면 어때? 첫 번째 발견자와 두 번째 발견자가 함께하는 것도 재밌을 것 같아서."

천문실을 떠날 무렵 직원이 이렇게 말했다.

"…생각해 볼게요."

슈세이는 스스로도 놀랄 만큼 차가운 목소리로 대답했다.

첫 데이트는 무사히 끝났다.

반나절 동안 즐겁게 놀았기 때문에 나사도 순순히 역에서 헤어져 귀가했다.

천문실에서 좀 어색한 분위기가 되긴 했지만 나사는 그 일에 대해 굳이 말하지 않았다.

항상 다른 사람의 기분을 생각해 주는 나사의 배려에 슈세이는 언제나 위로를 받았다.

슈세이는 집으로 가서 차를 가지고 그대로 천문대로 향했다.

오늘 히로세의 모습을 보고 나니 또다시 과거가 발목을 잡기 시작했다.

내일이면 그 일이 있은 지 1년이었다.

그래서 과거를 다시 한번 검증해야겠다고 생각했다. 과거에만 사로잡혀 있어서는 안 된다고 생각하지만 이 일을 그대로 방치하기엔 미래로 향하는 길에 장애물처럼 남을 것이다.

'이 기회에 보여 주겠다.'

슈세이는 그 어느 때보다 사명감에 불타고 있었다.

"엇?"

천문대에 도착한 뒤 사건 당일 촬영된 데이터에 속성값도 표시하며 차근히 한 장씩 확인하다 보니 한 가지 이상한 점을 찾아냈다.

"이거… 복사해서 붙여 넣은 흔적이 있어."

이 자동 천체관측 시스템은 슈세이가 무료 소프트웨어를 개조해 가며 절반 정도는 독자적으로 구축했다. 옛날부터 컴퓨터 프로그램을 익숙하게 다뤄 왔던 경험으로 할아버지께도 도움을 드릴 수 있다는 것이 기뻐서 특히 이 시스템 개발에 열중했다.

그리고 신천체의 발견이라고 하는, 특히 정확성과 속보성, 그리고 증거성이 높은 데이터를 얻기 위해서 당시 생각할 수 있는 최고의 데이터 관리 시스템을 도입했었다.

그중 하나가 '복사-붙여넣기 체크' 기능이었다.

자동 천체관측 시스템은 자신과 할아버지만 사용하기 때문에 원래라면 필요 없는 기능이었다. 이런 기능을 왜 넣었는지 이젠 스스로도 기억이 나지 않았지만 어쨌든 그 기능이 그날의 불온한 발자취를 담고 있었다. NGC 247의 초신성을 최초로 촬영했던 사진에 말이다.

"이게 어떻게 된 일이지? 나는 이 사진을 복사한 적이 없는데… 이 시스템은 그날 이후로 한 번도 안 만졌는데 왜…? 아…!"

슈세이는 한 가지 가능성을 떠올렸다.

보통 신천체 최초 보고를 할 때는 위치 데이터만 있으면 되지만 그 이후에는 발견 당시의 촬영 데이터 등을 제출해야 한다.

"그렇다면 그놈은 여기서 데이터를 훔쳐서 사진을 제출했겠지……."

천체는 항상 하늘에 있다. 촬영은 다른 사람이 해도 하늘에 있는 천체는 같은 천체다. 다른 사람이 다른 곳에서 같은 천체를 찍는다면 언뜻 보면 같은 사진이라고 착각할 수도 있다. 그러나 촬영 장비나 노출 시간 등 그 외의 조건들이 모두 다르기 때문에 같은 천체라 해도 똑같은 사진을 찍는 일은 불가능하다고 해도 과언이 아니다.

만약 히로세가 보고 기관에 제출한 촬영 데이터가 이 사진과 똑같은 데이터 특성이 있다면, 그 사진은 여기서 훔친 거라고 증명할 수도 있는 것이다.

"그놈이 한다던 강연…!"

슈세이는 인터넷에 접속해서 천문실 직원이 말했던 행사 일정을 확인했다. 내일 저녁, 과학관 옥상에서 열린다. 입장권도 필요 없는 자유 참석 행사라서 가기만 하면 쉽게 잠복할 수 있을 것이다.

"그렇군. 어떻게 초신성을 발견했는지 강연하고, 찾는 방법을 함께 실습한다라… 재밌어지겠는걸."

이번 행사는 NGC 247의 초신성 발견자를 표방하는 히로세가 자신의 경험을 공유하고, 이후 '신천체를 발견하려면'이라는 주제로 실제 초신성을 찾는 실습 강의로 구성되어 있었다.

히로세는 인정욕구가 강한지 '신천체 발견자'라는 명성을 얻고 난 후 언론에 적극적으로 등장했다. 그리고 뛰어난 연기력과 목소리로 발견 당시의 무용담을 일장 연설했다.

나이는 마흔이 조금 넘은 정도일까. 그에 비해 패션 감각이나 외모가 훌륭해서 멋있는 천문가로 인기가 높아지고 있는 것 같았다.

하지만 슈세이는 알고 있었다.

그놈은 할아버지와 자신이 이루어 낸 공적을 가로챈 남자라는 것을.

1년 전에는 그것을 입증할 방법이 없었다. 하지만 지금 발견한 이 단서는 히로세의 가면을 벗길 가장 결정적인 증거가 될 수 있다. 적어도 이 사건을 재검토해 볼 수 있는 충분한 근거가 될 것이다.

초신성 발견 당일 히로세가 이 천문대에 있었다는 것, 할아버지가 쓰러졌는데도 응급 이송에 동행하지 않고 홀로 천문대에 남아 있었다는 것 등은 천문 동호회 회원들로부터 증언을 받을 수 있을 것이다.

"일이 재미있게 돌아가네……."

할아버지의 명예, 그리고 자신의 명예를 걸고 슈세이는 히로세를 용서할 수 없었다.

법률상 이게 죄가 되는지 아닌지는 알 수 없었지만 그런 일은 아무래도 상관없었다. 이것은 자존심 문제였다.

할아버지가 여생을 건 꿈을 그의 인생 마지막 순간에 훔쳐간 히로세라는 남자. 당한 만큼 되갚아줄 것이다.

슈세이는 어떻게 하면 히로세를 궁지에 몰 수 있을지 밤새 몇 번이나 시뮬레이션했다.

너무 몰두하다 보니 ✉내일은 볼일이 있어서 하루 못 봐! 라는 나사의 메시지가 온 줄도 몰랐을 정도였다.

8월 16일 토요일

과학관이 주최하는 행사 '신천체 발견의 즐거움, 그 방법과 실습'의 날이 왔다. 아는 사람과 마주치지 않도록 주의하면서 슈세이는 일반 참가자로 숨어 있었다. 물론 히로세와도 안면이 있기 때문에 변장할 생각으로 모자와 마스크를 썼다.

강연 장소가 야외였고 저녁 무렵부터 시작되는 행사라 비교적 가벼운 변장으로도 아무도 눈치채지 못한 듯했다. 히로세 본인은 물론 슈세이의 얼굴을 아는 직원들도 전혀 모르는 눈치였다.

오늘은 왜 답장이 없냐며 혼내는 메시지 말고는 나사로부터 온 메시지는 없었다. 약간 섭섭한 마음은 있었지만 사정을 다 설명할 수 없으니 차라리 잘됐다 싶었다.

"여러분, 오늘 저녁 이 자리에 함께해 주셔서 감사합니다."

정각이 되자 히로세 카즈야스는 과학관 옥상에 세팅된 강연장에 모습을 드러냈다. 단상에서 마이크를 잡고 자신만만하게 입을 여는 모습이 보였다.

"오늘은 여러분께 신천체 발견의 묘미를 전해 드리고, 하늘 아래서 실제로 천체를 관측해 보면서 그 재미와 어려움을 함께 느껴 보고자 이 행사를 기획했습니다."

히로세는 할아버지의 천문대에 모이는 동료들 중에서도 별로 좋은 인상을 주는 사람은 아니었다. 늘 뭔가를 찾는 듯했고 동호회의 다른 멤버들과도 선을 긋는 듯한 분위기가 있었다.

지금 생각하면 히로세의 목적은 처음부터 할아버지와 슈세이가 만든 신천체 발견 시스템이었을지도 모른다.

실제로 발견하지도 않은, 관측 시스템도 없는 사람이 어디까지 그럴싸하게 거짓말을 할 수 있을까. 슈세이는 약간 심술궂은 마음으로 단상을 바라보고 있었다.

언제 밝히는 게 효과적일까. 여러 가지 상황을 시뮬레이션해 보았지만 막상 실전이 되자 다리가 떨리고 심장 박동도 빨라지기 시작했다.

아무리 슈세이가 옳다고 확신한다고 해도 주변의 호응을 기대하긴 힘들 것이다. 아니, 오히려 유명한 건 히로세 쪽이니까 슈세이가 규탄해 봤자 괜히 열등감에 헛소문을 퍼트리러 온 패배자 취급하며 끝나버릴지도 모른다.

하지만 이 행사에는 주목할 포인트가 하나 있었다. 바로 인터넷상에 생중계되고 있다는 것이다. 생중계니 편집할 틈이 없을 것이다. 갑자기 히로세를 규탄할 경우 그 영상은 그대로 인터넷에 유포될 것이다.

중간에 방송이 중단된다고 해도 그건 그것대로 오히려 화제가 될 것이다. 보는 사람이 얼마나 있을지는 모르겠지만 이런 생방송 사고는 반드시 누군가는 퍼뜨리기 마련이고 SNS상에서 신나게 떠드는 무리도 나오기 마련이다.

네티즌들의 반응을 이용하는 게 그다지 좋은 일이라고 생각되지는 않지만 그래도 이번에는 거기에 기대를 걸어 보기로 했다. 최선의 방법이라 할 수는 없지만 지금은 수단을 고를 여유가 없었다.

다만 히로세는 유명인사여서 그 경력에 스크래치를 내려는 슈세이를 지지할 사람이 있을지는 도박이었다.

그래도 오늘을 놓치면 다음 기회는 언제가 될지 모른다. 그런 초조함과 비슷한 마음이 슈세이에게 용기를 주었다.

히로세는 자랑스럽다는 듯 발견 당시 상황을 상세히 설명하고 있었다. 여느 때처럼 약간 연극적으로, 때로는 과장된 몸짓으로 말하는 모습은 확실히 사람을 끌어당기는 매력이 있었다. 언변이 능한 정치인 같았다.

하지만 슈세이는 알고 있다. 그 이야기에 실속은 없다는 것을.

누군가의 체험담을 각색한 듯 어딘가 어설펐다. 그래도 아마추어를 속이기엔 충분하겠지.

그는 TV 프로그램 등에 출연해서 여러 차례 같은 이야기를 했었다. 당연하게도 그것은 많은 천문가의 눈에 띄고 귀에 들어갔다. 그때마다 비판 여론이 터져 나오기도 했다.

아스트로 헌터들이 보면 히로세의 이야기는 얄팍하기 그지없었다. 그의 체험담에는 발견 당시 사진 외에 구체적인 데이터나 초신성을 검증했을 때의 작업 상황 같은 게 없었다. 그것이 이해 가지 않는다고 헌터들 사이에서는 뒷말이 나왔다.

일대에서 유명한 와시가미 타이요의 천문대에서 슈세이가 그 초신성을 두 번째로 발견했다는 것도 아는 사람은 알았고, 그 사실이 히로세의 최초 발견에 대한 의혹을 더하고 있었다. 슈세이와 할아버지가 만든 시스템은 그 정도로 주목을 받고 있었다.

그렇지만 정식 기관이 제1보로 인정한 이상 반증에 나설 자는 더이상 없었다. 설령 히로세의 부정을 파헤친다고 해도 그에 들이는 노력에 비해 이득은 보잘것없었고, 그럴 시간이나 에너지가 있다면 천체를 하나라도 더 찾는 게 낫다는 게 아스트로 헌터들의 공통된 생각이기도 했다.

한편 슈세이에게는 실제 경험과 축적된 노하우가 있다. 초신성을 발견했던 그날 밤의 일도 선명하게 기억하고 있었고, 신천체를 찾기 위해 어떤 노력을 했는지, 그 과정에서 얼마나 고생했는지까지 어제 일처럼 말할 수 있다.

진짜 경험한 자만이 알 수 있는 진실이 있었고, 같은 뜻을 가진 사람들에게는 이 진실이 분명 전해질 것이라 믿고 싶었다.

강연장에서는 때때로 관객들의 함성이 터져 나왔다. 히로세의 화술은 확실히 교묘해서 비전문가들이라면 충분히 매료되고 끌릴 만한 것이었다.

오늘이야말로 그 허상을 파헤쳐 주겠다. 슈세이는 그

런 속내를 가지고 냉정하게 강연을 듣고 있었다. 그리고 드디어, 슈세이의 반격 포인트가 찾아왔다.

스크린에 사진이 비쳤다.

"이것이 기념할 만한 초신성 발견 당시의 사진입니다. 여기에 그 전날까지 없었던 별이 찍혀 있는 것을 봤을 때는 흥분을 감출 수 없었습니다."

이 순간을 기다리고 있었다.

슈세이는 마음을 굳게 먹고 간이의자에서 일어섰다. 강연장은 좁은 옥상이고 참여 인원도 100명 남짓이어서 슈세이의 행동은 금방 눈에 띄었다.

"왜 그러시죠? 착석해 주십시오."

강연이 중단되자 히로세는 정중하지만 다소 짜증난다는 어투로 착석을 요구했다.

슈세이는 그대로 선 채 마스크와 모자를 벗었다.

"오랜만이네요, 히로세 씨."

"…!"

슈세이를 본 히로세의 얼굴에 뚜렷한 동요가 스쳤다.

"그 사진이 나오기를 기다리고 있었습니다."

히로세의 표정이 굳는 순간을 놓치지 않고 슈세이는 관객들에게 말하기 시작했다.

"저는 와시가미 슈세이라고 합니다. 이 초신성을 두 번째로 제보한 사람이기도 하며, 발견 다음날 사망한 천문가인 와시가미 타이요의 손자입니다."

두 번째라는 단어를 더욱 강조하면서 히로세에게 날카로운 시선을 던졌다. 히로세는 신경 쓰지 않겠다는 듯 시선을 돌렸다.

"히로세 씨, 저는 당신이 보고 싶어서 온 것이 아닙니다. 어쨌든 한 번은 만나야 끝이 날 것 같아서 왔습니다. 당신은 그날 이후 연락처를 모두 바꿨고 이렇게 찾아오는 것 외에는 제가 연락할 수 있는 방법이 없었으니까요."

관객들이 웅성거리기 시작했다. 뭔가 심상치 않은 일이 벌어지고 있다는 분위기를 느꼈을 것이다. 그리고 갑작스러운 일에 대한 놀라움은 곧 흥미로 바뀌었다. 강연장은 순간 조용해졌고 슈세이가 히로세에게 던지는 말에 모두가 귀 기울이기 시작했다.

"앉아 주시겠습니까?"

슈세이의 말에 히로세는 어떠한 대답도 하지 않고 앉으라는 말만 반복할 뿐이었다. 두 사람을 잘 아는 천문실 직원도 난감해하고 있었다.

"히로세 씨, 그 사진에 대한 상세 데이터를 낼 수 있습니까?"

"뭐라고?"

처음으로 히로세가 다른 반응을 보였다.

"신천체를 찾는 사람이라면 누구나 사진 검증을 합니다. 그리고 그 이미지의 데이터는 발견자에게 귀중한 것입니다. 당연히 어떤 장비, 어떤 노출을 썼는지, 촬영 당시의 상황, 신천체 검증에 사용한 소프트웨어나 도구, 그 외 모든 내용을 기억하고 있을 것입니다. 나는 당신의 강연 기록과 당신의 이야기가 실린 기사를 모두 조사했습니다. 그런데 그 점에 대한 언급은 하나도 찾지 못했습니다. 왜죠?"

"내가 대답할 의무는 없는 것 같은데."

"뭐, 확실히 지금은 의무가 없죠. 하지만 이제부터 대답할 의무가 생길 겁니다."

슈세이는 자신의 태블릿 PC를 꺼내 들고 이미지 하나를 띄웠다. 그것은 행사장 스크린에 찍힌 사진과 같은 것이었다.

"이것 좀 화면에 연결해 주세요."

"어? 아, 그게……."

슈세이의 요청에 천문실 직원은 당황해하더니 이내

코드를 연결해 슈세이의 태블릿 PC 화면을 스크린에 띄웠다.

"너! 뭐 하자는 거야?"

뭔가를 눈치챈 히로세가 강한 어조로 그 행동을 나무랐다.

"자, 모두 여기를 봐 주십시오."

단상으로 걸어 나가면서 슈세이는 화면에 비친 상황을 설명하기 시작했다.

"이것은 저의 할아버지인 와시가미 타이요가 작년 8월 16일 27시 12분, 즉 일반적으로는 8월 17일 오전 3시 12분에 포착한 사진입니다. 이날 저는 할아버지, 그리고 히로세 카즈야스 씨와 함께 할아버지의 천문대에 있었습니다. 그리고 바로 그 시간, 할아버지는 심장발작으로 쓰러져 그날 오후 타계하셨습니다. 그리고 저는 이 사진의 상세 데이터 전부를 여기서 지금 바로 말할 수 있습니다."

강연장 안이 웅성거렸다.

초신성 발견 당일 와시가미 타이요가 사망했다는 것, 그리고 슈세이가 제2보라는 것 등은 지금까지의 신천체 발견 보도에서 언급되지 않았던 것이고, 그래서 여기 있는 대부분에게 이 이야기는 낯설 것이다. 게다가 내용은 자극적이었다. 슈세이의 발언은 충분히 사람들의 흥미를 끌었다.

슈세이가 무슨 말을 하려는지 금방 이해하지 못한 사람도 있을 테지만 예민한 몇몇 사람들은 그 취지를 알아차렸다.

"잠시 괜찮을까요?"

그때 한 노신사가 객석에서 손을 들었다. 고풍스러운 검은색 중절모를 쓰고 흰 수염을 풍성하게 기른 노인이었다. 지팡이를 짚고 있지만 힘 있는 걸음으로 일어섰다. 아는 사람은 아니었지만 슈세이는 왠지 그가 낯익다고 생각했다.

"제가 보기엔 저 두 장의 사진이 완전히 같은 것으로 보이는데, 맞나요?"

지금 슈세이에게 도움이 되는 적절한 질문이었다.

"맞습니다, 똑같아요. 발견 당시 사진은 고해상도로 공개되어 있습니다. 저는 그 사진과 제 수중에 있는 사진을 검증했습니다. 그 결과, 저희의 촬영 시스템이 당일 오전 3시 12분에 포착한 사진과 히로세 씨가 발견 당시 발표한 사진은 화각, 노출 시간, 픽셀, 화상 사이즈 등 기록된 모든 데이터가 일치했습니다. 천체 사진을 찍는 분이라면 아시겠지만 데이터가 이렇게까지 일치하는 것은 보통 있을 수 없는 일입니다."

강연장 안의 웅성거림이 더욱 커졌다.

"그리고 제 촬영 시스템은 이미지를 복사한 기록이 남도록 보안 설정이 되어 있습니다. 히로세 씨의 사진 데이터에는 제 사진 데이터보다 뒷자리 연번이 찍혀 있을 것입니다. 그럼, 히로세 씨, 사진 속성값을 보여 주십시오."

"그……."

히로세는 얼어붙은 듯 꼼짝하지 못했다. 때마침 노신사가 지원 사격을 가했다.

"과연 꽤 흥미로운 이야기군요. 그럼 히로세 씨, 이 청년이 말한 것처럼 당신은 이제 이 점에 대해 설명할 의무가 생긴 것 아닐까요?"

이 노신사는 아무래도 아마추어 천체 사진가는 아닌 것 같았다. 슈세이는 다시 한 번 차분히 노인의 얼굴을 보았다. 역시 아무래도 낯이 익었다.

"아마추어 둘이서 무슨 말을 하는 거야…! 사진은 이미 공개되어 있던 거야! 그걸 가지고 와서 똑같다고 말하는 거겠지! 그런 유치한 방법으로 의심하는 것도 민폐 아닌가!"

동요한 히로세는 지금까지의 온화하고 연극적인 가면을 벗어던지고 토해내듯 두 사람에게 쏘아붙였다. 하지만 슈세이는 동요하지 않았다.

"제가 가지고 있는 신천체 발견 시스템은 저와 할아버지가 독자적으로 개발한 것입니다. 그리고 당신이 발견 보고를 하기 불과 1시간 전쯤 우리 천문대에서 신천체를 발견했다는 알람을 함께 들었습니다. 아까 말했듯이 제 시스템에는 이미지를 복사할 때 기록을 남기고 암호로 연번을 매기는 보안 장치가 있습니다. 당신이 가지고 있는 사진의 상세 데이터를 보여 주세요. 만약 당신의 말이 진짜라면 그 암호 연번은 없겠죠."

어젯밤에 히로세가 공개한 사진의 속성값과 암호 연번이 일치하는 것을 확인했다. 이 증거는 자신 있게 말할 수 있는 것이었다. 이제 히로세가 답하길 기다릴 뿐이었다.

"흠, 그렇군요. 여러 증거가 제시되고 있으니 공공기관의 판단을 다시 한번 거쳐야 하지 않을까요?"

노신사의 부드러운 말투 속에는 히로세의 신천체 발견에 대한 이의가 강하게 담겨 있었다.

"지금까지는 잘 속여 왔겠지. 우리도 확신이 없어서 더 이상의 추궁은 자제했지만 비판과 의심은 진즉부터 하고 있었지 않나. 오늘 오길 잘했구먼. 어찌 보면 역사적인 순간을 함께할 수 있으니 말일세."

"아, 저 분은 혹시!"

천문실 직원이 소리를 질렀다.

"아키타 히사오 씨…!"

"뭐? 아키타 씨라고…?"

그 이름을 듣는 순간 슈세이도 깜짝 놀랐다. 아키타 히사오는 미츠히코와 얘기를 나눌 때도 몇 번 등장했던, 간사이 지역 천문계의 거물이었다.

"뭐, 뭐라고…?"

히로세의 얼굴에도 그 어느 때보다 동요가 느껴졌다.

아키타 히사오. 간사이 지역의 천문가들은 물론 천체 사진을 찍거나 천체 수색을 업으로 하는 사람이라면 한 번쯤은 그 이름을 들어봤을 인물이었다.

그는 과거 새로운 혜성을 2개, 외계 은하 초신성을 3개 발견했고 소행성에 있어서는 수없이 많은 발견 기록을 가진 헌터계의 거물로, 국제적으로도 이름을 떨치고 있는 인물이었다. 최근에는 고령을 이유로 외부 활동을 줄여 무대 위에서 이름을 듣는 일이 줄었다고는 하지만 여전히 일본 헌터계의 거물 중 한 명인 것은 틀림없었다.

그러니 슈세이도 한 번쯤은 그 얼굴을 보았을 것이다. 낯이 익다 해도 이상하지 않았다.

"와시가미 슈세이 군 맞는가? 자네를 보는 건 처음이지만 나는 자네 할아버지인 타이요와 옛날부터 절친한 사이였다네. 함께 별에 순정을 품고 별을 보며 청춘을 보낸 사이지. 타이요가 긴 공백기를 깨고 천문대를 세우면서까지 복귀했다고 해서 한번 보고 싶던 차에 부고를 받아 아쉬웠다네."

"할아버지께 말씀은 많이 들었습니다만… 설마 여기서 뵐 줄은……."

"오늘 바로 이 자리까지 타이요가 이끌어 준 것 아니겠나. 부정한 방법으로 제1보를 빼앗기고 제2보라니, 억울할 만도 하지."

아키타 씨는 지팡이를 짚으면서도 힘 있는 발걸음으로 단상 위에 있는 슈세이와 히로세에게 다가갔다.

"히로세, 우주는 거짓말은 하지 않네. 아직 우리가 모르는 것은 많지만 거짓말은 하지 않아. 자, 히로세. 지금 슈세이 군이 지적한 것에 대해 자네의 말을 들어봄세."

"그……."

슈세이에게 의심의 질문을 받고 아키타의 말에 궁지에

몰린 히로세는 순간 말이 막힌 듯했다.

그러나 지금 히로세에게 이 둘은 자신의 공적을 방해하는 자들일 뿐이었다.

"내가 거기에 대답해야 할 이유가 있습니까? 나는 제1보로 공식적인 인정을 받았는데 그 외에 내가 무언가를 제시해야할 필요는 없죠. 그보다 지금 이 상황은 인터넷으로 전 세계에 생중계되고 있습니다. 이게 뭘 의미하는지 아십니까? 지금 두 사람은 전 세계인들 앞에서 내 명예를 훼손했다는 겁니다. 이 일에 대해서는 책임을 져야 할 겁니다!"

이 말을 남기고 히로세는 강연장을 떠났다.

"자, 잠깐만요. 히로세 씨…!"

과학관 직원들이 황급히 히로세를 쫓아갔지만 지금 이런 상황에서는 강연회도 천체 발견 실습 지도도 모두 중단될 것이다.

모든 것은 끝났다. 히로세도 말했듯이 슈세이의 규탄은 전 세계로 퍼져 나갔다. 시청자 수는 그리 많지 않았겠지만 그래도 어느 정도 효과는 있으리라 믿고 싶었다.

"고생 많았네, 슈세이 군. 너무 걱정 말게. 나도 힘이 되어 줄 테니."

아키타가 명함을 주었다.

"곤란한 일이 있으면 연락을 주게. 타이요가 이루지 못한 꿈을 자네가 잘 이어받은 것 같아 안심이 돼."

"아, 저… 그런데 여긴 어떻게……."

아키타 씨가 어떻게 여기에 계셨을까. 예상치 못한 만남에 의아함을 느꼈다.

"아까도 말했지 않나. 타이요가 놓아 준 다리겠지. 오늘이 바로 타이요와 자네가 초신성을 발견한 날이지 않나. 그런 날에 이런 행사라니. 친구로서 한마디 놀려 줘야지, 하고 생각했는데 바로 이 자리에 자네가 있었네."

허허허, 하고 아키타 씨는 유쾌한 듯이 웃었다.

"실은 이 업계에 오래 있다 보면 나름의 눈치도 꽤 생긴다네. 저자가 그 초신성의 최초 발견자라고 했을 땐 딱히 의심하지 않았지만 타이요의 천문대에서 두 번째로 발견했다고 해서 말이야. 자네의 신천제 발견 시스템은 업계에서도 소문이 자자해. 타이요에게도 소식을 들어 알고는 있었지. 거기에 타이요와 같은 동호회에서 활동하던 저자는 사진의 상세 데이터도 공개하지 않고, 천체를 발견했던 당시의 상황에 대해서는 한마디도 하지 않았어. 제대로 된 헌터라면 의심스럽게 여기는 게 당연해. 그래서 혹시 오늘 뭔가 빈틈이 있지 않을까 해서 왔는데 설마 타이요의 손자가 와 있을 줄은 꿈에도 몰랐네."

"고맙습니다……."

가슴이 뜨거워졌다. 할아버지에게 이렇게 든든한 전우가 있었다니.

"자네 말이 사실이라면 제1보는 타이요와 자네의 것이어야 맞지. 지금은 너무 늦어서 그냥 이렇게 어영부영 지나갈 수도 있겠지만 그래도 문제 제기는 되지 않았나. 옳지 않은 방법으로 명성을 얻은 비겁한 놈이라면 그만한 대가를 치러야지."

"감사합니다."

아키타 씨에게 할아버지에 대한 우정 어린 말을 듣다니 슈세이로선 든든하고 기쁜 일이었다.

두 사람은 강연장에 모인 청중들과 과학관 직원들에게 깊이 사과했다. 과학관 행사를 엉망으로 만든 셈이었다. 즐기러 온 청중들에게도 미안한 일일뿐더러 잘못하면 법적인 문제로 번질 수도 있었다.

그래도 슈세이는 과거와 결별하고 미래를 맞이하기 위해 이곳에 왔다.

이후 슈세이는 과학관에서 한소리 듣긴 했지만 천문계

거물 아키타가 규탄에 동조한 점도 있어 큰 문제로까지 번지지는 않았다. 오히려 이 문제에 대해 과학관에서도 정밀하게 조사하겠다는 말을 들을 수 있었다.

강연장에서 히로세 카즈야스가 했던 부자연스러운 말과 행동 또한 지식이 있는 천문인의 눈에는 의심스럽게 느껴졌던 것 같았다. 거기에다 아키타 정도의 거물까지 의심을 품었다면 이건 이제 사건이 된다.

그리고…….

공식적으로 등록되어 있던 히로세의 발견 당시 초신성 사진은 '저작권자에 의한 요청'이라는 이유로 그날 밤 삭제되었다.

병원에서 돌아온 나사는 방에서 멍하니 생각하고 있었다. 오늘 병원에서 들은 말이 머릿속을 맴돌았기 때문이다.

오늘은 여러 가지로 복잡해서 슈세이에게도 아침 일찍 보낸 메시지 이외에는 따로 메시지를 보내지 않았다.

"뭐, 고민해 봤자 어쩔 수 없지."

그때 문득 어제 과학관에서 들었던 행사가 생각났다. 오늘 열리는 행사에 아마 슈세이가 가지고 있는 가장 어두운 기억과 관련된 사람이 등장할 것이다. 얼마 전 슈세이의 모습을 보면 쉽게 예상할 수 있었다.

오늘은 슈세이가 초신성을 발견했던 날이고 내일은 타이요 씨의 기일이다.

"아, 그러고 보니 인터넷 중계를 한다고 했었지?"

'어떡하지.'

순간 망설여졌다.

이번 행사는 슈세이 군이 가지고 있는 어두운 과거와 관련되어 있다. 보면 안 될 것 같았지만… 동시에 알고 싶은 충동이 들었다.

나사는 머뭇거리다 중계 사이트에 접속했다.

행사는 이미 시작해 있었고 단상에서 히로세가 자신만만한 어조로 초신성 발견 당시 상황에 대해 말하고 있었다.

"흠, 뭔가 좀 짜증나는 스타일이네."

슈세이의 사연을 다 알지는 못했지만 아마도 히로세가 그 원인일 거라고 추측한 나사는, 그를 욕하며 모니터 앞에 앉아 강연을 들었다.

거만한 인간은 싫다. 히로세에게서는 사람을 내려다보는 듯한 분위기가 풍겼고, 나사는 예민하게 느낄 수 있었다.

"슈세이 군도 혹시 이거 보고 있으려나? 아니, 안 보고 있으려나……."

과거를 극복하기 위해서는 마주해야 할지도 모른다. 하지만 일부러 마주하고 상처받는 것이 과연 맞는 일인 걸까. 나사는 어느 쪽이 정답인지 알 수 없었다.

단지 히로세가 말하는 이야기는 허울뿐인 자랑과 자아도취처럼 보였다. 나사도 저런 사람을 만났던 적이 있었다.

고등학교에 들어간 후에는 거의 학교에 나가지 못했지만 중학교 때는 나름대로 학교에 갔었다. 그러나 결석이 잦았던 나사에게 친한 친구는 없었고 그로 인해 오히려 그 나이 또래가 저지르는 특유의 잔혹한 일들을 더 많이 겪었다.

어디선가 나사의 병에 대해 들은 같은 반 한 친구는 이렇게 말했다.

"너 곧 죽는다며? 불쌍해. 우린 아직 즐겁게 살아갈 날이 많이 남아 있는데 말이야. 어떡해, 불쌍해라."

이 한마디를 들은 이후 나사는 학교에 갈 수 없게 되었다.

성적도 나쁘지 않았고 부모님도 원하셨기 때문에 고등

학교에 진학하긴 했지만 등교는 거의 하지 않았다.

학교에 가지 않아도 배울 수 있는 것은 많았고 공부도 잘했다. 오히려 의무교육에서 해방된 나사는 더 편한 마음으로 고등학교를 쉬었고 부모님도 별다른 말씀은 하지 않았다.

고등학생이 된 후 나사에게는 처음으로 자기 뜻대로 자유롭게 살 수 있는 시간이 주어졌다. 그래서 단번에 알 수 있었다.

이 히로세라는 남자에게서 중학교 시절 반 친구들에게 느꼈던 것과 같은 분위기를 느꼈다. 그렇게 강연을 주시하고 있는데 갑자기 어디선가 다른 목소리가 들려왔다.

"어?"

귀에 익은 목소리였다. 카메라는 곧바로 그 목소리의 주인을 비추었다.

"슈세이 군이잖아? 근데 저기서 뭐 하는 거지?"

곧 슈세이의 규탄이 시작됐고 강연장은 발칵 뒤집혔다. 의문의 노인까지 등장해 슈세이와 함께 히로세에게 다가가는 장면까지 나오다가 갑자기 방송이 끊겼다.

"아, 잠깐만…!"

화면은 '잠시만 기다려 주십시오.'가 표시된 채로 멈춰

버렸다.

라이브 방송에는 시청자들이 댓글을 달 수 있는 기능도 있었다. 갑작스러운 사건 발생에 댓글창이 시끄러워지기 시작했다.

방송 중단에 대해 분노하는 댓글이나 이 전개를 흥미진진하게 바라보는 사람들의 억측 혹은 비방의 댓글이 화면을 가득 채웠다.

"슈세이 군, 저런 얼굴 처음 봤어… 그랬구나."

과거를 매듭지을 생각이구나, 라고 나사는 느꼈다.

나사는 튕겨 나가듯 방을 뛰쳐나갔다.

"엄마, 나 잠깐 나갔다 올게! 천문대!"

"뭐? 나사야! 잠깐만!"

"나 괜찮아!"

오늘은 입원 검사 결과를 듣고 온 날이다. 그리고 그 결과를 생각하면 시즈쿠 씨는 정신이 없을 것이다. 가능하면 나사가 이제 안정을 취했으면 하고 바랄 것이다. 나사도 알고 있지만 지금은 화면 너머의 슈세이가 더 걱정되었다.

'슈세이 군은 분명 천문대로 돌아올 거야. 그때 내가 있어 줘야 해!'

왠지 그런 생각이 든 나사는 오랜만에 전기자전거를 타고 천문대로 향했다.

나사가 천문대에 도착했을 때는 이미 해가 져서 어둑어둑해지고 있었다. 여름이라 망정이었지 겨울이었으면 벌써 캄캄했을 시간이었다.

중간중간 스마트폰으로 확인해 봤지만 중계가 재개될 기미는 없어 보였다. 해가 진 후 관측 체험 시간도 있었을 텐데 어떻게 됐을까. 어쨌든 나사는 슈세이를 반갑게 맞아 주고 싶었다.

천문대의 여벌 열쇠는 가지고 있었다. 우선 안으로 들어가 에어컨을 켜고, 오는 길에 슈퍼에서 사 온 식재료를 부엌에 펼쳐 놓고 조리를 시작했다.

'무언가 엄청 골똘히 생각하는 얼굴이었어…….'

재료를 준비하며 나사는 생각했다.

'슈세이가 그런 표정을 짓는 것을 본 적이 있어. 그래, 거울에 비친 내 모습 같았어. 마음에 있는 짐을 필사적으로 지탱하려고 하는 그 얼굴…….'

"딱 좋은 기회일지도 모르겠네."

나사는 마침 오늘 입원 검사 결과를 듣고 왔다. 그 외에도 슈세이에게 아직 말하지 않은 것이 많았다.

슈세이의 과거에 대해서는 별똥별을 보던 날 조금 들었다. 사연의 내막까지 알지는 못했지만 오늘 중계를 보니 대충 다 알 것 같았다.

'그럼 나는 어떨까.'

채소를 썰면서 나사는 스스로에게 물었다. 슈세이는 아마 자신의 병에 대해 짐작하고 있을 것이다. 엄마가 슈세이와의 만남을 말리지 않는다는 것이 그 방증이었다.

'근데, 어디까지 알고 있을까?'

혹시 이미 다 알고 있다 하더라도 자신의 입으로 직접 전하고 싶다고 나사는 생각했다.

'꼭 전하고 싶은 말이 있어, 슈세이 군.'

그냥 가만히 앉아서 기다리는 게 더 힘들어서 스튜라도 만들며 기다리기로 했다. 재료를 썰고 살짝 볶은 후 냄비로 옮겨 끓이기 시작했다. 계속 집 안에만 갇혀 있는 동안 틈틈이 살림을 도왔기 때문에 요리를 싫어하지 않았다.

어떻게 보면 요리는 생명과 마주하는 것이다. 동물이든 식물이든 재료가 되는 것들은 확실히 살아 있었다. 나사는 요리를 할 때마다 매번 이런 생각을 했다. 그러면서 죽음의 의미를 생각하고 받아들이게 되었다.

"음, 맛있다."

오늘의 스튜는 최고였다.

"좋은 배우자가 되고 싶은데……."

적어도 어른이 될 수 있다면 그런 인생의 설계도도 그릴 수 있다. 하지만 나사는 망설이고 있었다. 누군가 용기를 줬으면 했다.

'이제 할 수 있는 일은 다 했다.'

슈세이는 밤공기를 들이마시고 크게 한번 심호흡했다. 효과가 있었는지는 모르겠지만 내 편이 있다는 것도 알았다.

너무 긴장했던 나머지 완전히 기진맥진해서 천문대까지 가는 길이 여느 때보다 멀게 느껴졌다.

"어…?"

천문대에 가까이 와서야 불이 켜져 있는 것을 알게 되었다.

천문대는 별을 보는 시설이라 가능한 한 빛이 새어나가지 않도록 되어 있다. 현관문에 있는 작은 LED 불빛이 켜져 있어 누군가 안에 있다는 것을 알 수 있었다. 슈세이는 문을 열고 들어가며 말했다.

"다녀왔습니다."

"아, 어서 와! 내가 있다는 거 알고 있었지?"

그렇다. 알고 있었다. 집이 아닌 이곳으로 돌아오면 나사가 있을지도 모른다고, 아니, 분명히 있을 거라고 생각했다는 걸 지금 깨달았다.

"현관 등이 켜져 있으니 알았지."

"다른 여자가 와 있을 수도 있다는 생각은 안 하는구나. 별로 인기 없나 보네, 슈세이 군."

"나사 말고 열쇠를 준 사람이 없으니까. 그것보다 어쩐 일이야?"

오늘 다른 볼일이 있다고 말한 것은 나사 쪽이었고 둘은 특별히 저녁 약속을 하지도 않았다.

나사는 수줍어하면서 말했다.

"음… 스튜를 만들고 싶었어."

"그게 뭐야?"

"맛있게 됐으니까 한번 먹어봐!"

짐도 아직 내려놓지 않은 슈세이에게, 나사는 재빨리 접시에 담은 스튜를 내밀었다. 몸도 마음도 완전히 지쳐 있던 슈세이였기에 나사의 방문은 더욱 기쁘게 느껴졌다.

"고마워, 잘 먹을게. 혹시, 중계 봤어?"

"응……."

나사가 일부러 천문대까지 와서 요리를 해 준 이유가 달리 생각나지 않았다. 혹시나 싶어 물어봤지만 나사의 표정을 통해 짐작할 수 있었다.

"미안, 플라네타리움에서 봤던 그놈이 당사자인 건 말 안 했었지? 물론 눈치챘겠지만……."

"아니, 그건 괜찮아! 여러 사정이 있었겠지, 여러 가지로."

나사는 손을 내저었다.

"다만 슈세이 군 힘들었겠다 싶어서. 생각해 보면 1년이나 여기를 방치해 뒀잖아. 그만큼 충격을 준 사람이 갑자기 스크린에 나오고 게다가 다음날 거기서 행사를 한다니."

"그놈이 가로채지만 않았다면 계속 할아버지의 뜻을 이어 관측을 했을 거야. 그래서 더 용서할 수 없었어."

"알아, 이해해."

나사는 짧게 대답했다. 살며시 미소 지으며 온화한 눈빛으로 슈세이를 바라보았다.

"여기서 찾았었구나. 대단하네."

나사는 다정하게 말했다.

"할아버지께서 쓰러지시지 않았다면 사실 제1보가 됐겠지. 아니, 그놈이 가로채지 않았다면 내 보고 시점에서도 제1보였어. 그랬으면 마지막에 할아버지께 '우리가 해냈어요!' 하고 말씀드릴 수 있었을 텐데……."

슈세이도 차분하게 대답했다. 나사의 얼굴을 보면 화가 가라앉았다. 히로세를 용서할 수는 없지만 불쑥불쑥 올라오는 혐오스러운 감정을 잠시나마 잠재울 수 있었다.

그때였다. 구구궁, 하고 위층에서 소리가 들려왔다.

"어머, 무슨 소리지?"

천문대의 돔이 열리는 소리였다. 비가 오지 않는다면 일정한 시간에 망원경이 자동으로 소행성을 수색할 수 있도록 세팅해 두었다. 아무것도 모르는 나사는 놀란 눈치였다.

"망원경이 움직여서 그래, 괜찮아."

"깜짝이야. 자동으로 움직이는구나."

"그렇게 세팅해 놨어."

슈세이 또한 나사에게 전하고 싶은 말이 있었다. 소행성 수색을 다시 시작한 것, 그리고 그 밖에 하고 싶은 말도 있었다.

"스튜는 어때? 맛있어?"

평범한 화이트 스튜지만 감동적인 맛이었다. 거기에는 나사의 마음이 담겨 있다는 걸 잘 알 수 있었다.

"응, 진짜 맛있다. 나사는 요리도 할 줄 아는구나."

"그럼, 할 줄 알지!"

밝게 대답한 나사는 자세를 고쳐 앉았다.

"있잖아."

"응? 왜?"

"나 슈세이 군에게 말하지 않은 것이 있어."

"그렇구나."

말하지 않은 것이 무엇인지는 대체로 예상할 수 있었다.

"들어 볼래?"

불안한 듯 나사는 시선을 떨궜다.

"내가 들어도 괜찮은 거면 들어 볼게."

"오히려 들어 줬으면 좋겠어."

어느 때보다 복잡해 보이는 나사의 표정을 보자 슈세이도 숟가락을 내려놓고 나사를 마주 보았다.

그러나 나사는 좀처럼 말을 꺼내지 못했다. 그대로 잠시 침묵이 이어졌다.

5분 정도 지났을까. 나사는 결심한 듯 고개를 들었다.

"나 말이야… 심장병을 가지고 있어."

예상했던 고백이었다. 그러나 나사로부터 직접 그 이야기를 듣는 것은 처음이었다. 각오는 하고 있었지만 슈세이는 심장이 멎을 것 같은 긴장감을 느꼈다.

"…알고 있어."

슈세이는 쥐어짜듯이 말했다.

당사자의 입으로 고백하는 진실은 무겁다. 그리고 피할 수 없다. 바로 오늘 슈세이의 폭로를 히로세가 피할 수 없었던 것처럼.

"역시, 알고 있었구나."

나사는 안도와 불안이 섞인 듯한 표정을 짓고 있었다.

"어떤 병인지… 물어봐도 돼?"

응, 하고 나사는 고개를 끄덕였다.

"대략 6,000명 중 1명 정도 있으려나? 진단받으면 국가에서 주는 난치병 보험금을 받을 수 있을 정도로 희귀한 병이야. 귀찮은 병이지."

"나을 수는 있는 거지?"

완치를 위해선 이식이 필요하다고 시즈쿠 씨에게 들었지만 그래도 묻지 않을 수 없었다. 나사가 어디까지 알고 있는지도 궁금했다.

"헤헤, 기본적으로는 불치병이고 원인도 불분명하대.

증상이 심해지면 죽을 수도 있고. 심장이식을 하면 나을 수도 있다고는 하는데, 난 아무래도 심각한 편인 것 같기도 해."

"심장이식이라… 정말이구나. 정말……."

나사는 '심장이식'이라는 말을 아무렇지 않은 듯 자연스럽게 말했다. 그러나 진지하게 말하는 것보다 더더욱 현실의 무게가 느껴졌다.

시즈쿠 씨는 나사가 회복하길 누구보다도 바라고 있다. 당연했다. 그렇기 때문에 지금 이 상황을 가볍게 전달할 수는 없었을 것이다. 그러나 정작 병을 앓고 있는 당사자는 상황의 심각성을 느끼지 못하는 것처럼 태연하게 고백하고 있었다.

"의외로 별로 안 놀라네, 슈세이 군. 뭐, 알고 있지 않을까 생각은 했지만 그래도 내 입으로 분명히 말하고 싶었어."

"분명히 말하고 싶었다고?"

"응, 오늘 슈세이 군이 열심히 하는 모습을 보고 나도 남은 시간 동안 열심히 해야겠다는 생각을 했거든."

'남은 시간'이라고 말했을 때 나사의 시선이 흔들렸다. 슈세이도 그 말의 의미를 바로 이해했지만 인정하고 싶지는 않았다.

"그런 말 하지 마."

"아하하, 미안해. 하지만 들어 봐. 오늘 말이야, 지난번 입원 검사 결과를 듣고 왔어."

"결과?"

"응. 슈세이 군이 병문안 와 줬을 때 했던 검사 결과."

그러고 보니 검사라고 했었다. 무사히 퇴원한 뒤로 문제없다 생각하고 까맣게 잊고 있었다.

"심장의 펌프 기능이 예상보다 떨어진다고 하네. 지금까지는 유능한 의사 선생님이 처방해 준 약을 복용하는 것만으로도 정상적인 생활이 가능했지만 이젠 입원해서 대기해야 한다고 하더라."

"대기라니……."

시즈쿠 씨가 "벌써 3년째 대기하고 있어요."라고 말했던 게 생각났다.

심장 기증자가 나타나기를 기다리고 있다는 것이었다.

"조만간 보조인공심장을 달지 않으면 대기하는 동안에 생명을 보장하기 어려울 거라고 하더라고. 그렇지만 그걸 달면 나에게는 이제 침대 위에서 그냥 죽거나 이식으로 살아나거나 하는 두 가지 선택지밖에 없어."

보조인공심장 이야기는 시즈쿠 씨에게 들었다. 하지만 이렇게까지 급박한 상황이라고는 생각하지 못했다. 슈세이는 깜짝 놀랐다.

오늘의 평범한 일상도 언제 힘없이 무너질지 아무도 모르는 일이다. 아무 불편함도 없는 건강하고 안전한 나날들조차 그렇다. 하물며 중병을 앓고 있는 나사에게는 내일이 없을지도 모르는 게 일상이었다.

"하지만 그래도 달아야 하지 않을까……."

"그렇지. 슈세이 군을 만난 후부터 살고 싶다는 생각이 들어서 나도 어쩔 수 없이 달아야 한다고 생각했어. 하지만 검사 결과 무리래."

"응?"

무리라니 그게 무슨 말인가. 슈세이의 머릿속이 일순간 멈춰버렸다. 그러나 이토록 절망적인 사실을 말한 나사는 대조적으로 태연한 표정을 짓고 있었다.

새롭게 알게 된 충격적인 사실에 입안이 바짝바짝 말랐다. 슈세이는 목소리를 쥐어짜내 겨우 물었다.

"무리라니, 그게 무슨 말이야…?"

"봐, 나는 몸이 작잖아. 그거 말고도 또 뭐가 어려운지 모르겠지만 아무튼 여러 가지 조건이 적합하지 않아서…

그러니까, '해부학적 이유로…' 라고 하셨어. 그래서 아마 나는 이제 정말 시간이 없을 거야."

테이블 하나를 사이에 두고 맞은편에 앉아 있는 나사가 너무나도 멀게 느껴졌다. 마치 이대로 손이 닿지 않는 어딘가로 떠나버릴 것만 같았다.

"다음 주부터 입원해야 한대. 그 전에 얘기하려고 왔어."

나사는 스읍, 하고 심호흡했다.

"나 말이야……."

나사는 2분 정도가 지나서야 망설이는 듯 입을 열었다.

"나 말이야, 슈세이 군을 좋아하는 것 같아."

"……."

예상 밖의 말에 슈세이는 당황했다. 하지만 슈세이의 대답을 듣기 전에 나사는 더욱 의외의 행동을 취했다.

"그래서 용기가 필요해."

나사는 블라우스 단추에 손을 얹고 천천히 하나씩 풀기 시작했다.

"지, 지금 뭐 하는 거야!"

슈세이는 순간 그 손을 잡고 멈췄다. 하지만 나사는 결심을 굳힌 듯한 눈으로 슈세이를 올려다봤다.

"슈세이 군이 봐 줬으면 좋겠어. 깨끗할 때."

"아……."

슈세이는 이해했다. 심장이식은 가슴을 활짝 열어야 하는 수술이었다. 설사 기증자를 찾아 수술을 하더라도 가슴에는 큰 상처가 남을 것이다.

"앞으로 내가 살 시간은 누군가가 나를 위해 죽기를 기다리는 시간이야."

"그렇게 말하지 마……."

"사실이니까. 난 그걸 받아들여야 해. 물론 나도 무섭기는 해."

그러니까, 라며 나사는 말을 이었다.

"나에게 슈세이 군의 용기를 줘. 오늘 거기서 보여준 용기를."

나사는 슈세이의 손을 걷어내며 단추를 하나 더 풀었다.

"견디기 힘든 일과 마주한 슈세이 군을 위로해 주고 싶어서 여기에 왔어. 하지만 막상 얼굴을 보니까 그게 아니었어."

약간 붉게 달아오른 얼굴로 머뭇거리면서도, 나사는 세 번째 단추를 풀었다. 나사의 하얀 피부가 드러났다.

"나는 용기를 갖고 싶어서 여기까지 온 거야."

나사는 그렇게 말하며 두 팔을 크게 벌렸다.

"와서 날 안아줘. 예쁜 나를. 딱 한 번이라도 좋으니 나는 슈세이 군의 연인이 되고 싶어."

그 아름다움에 슈세이는 탄식했다.

그녀는 태어나면서부터 줄곧 생명의 위험에 노출되어 있었다. 참혹한 운명은 당연하다는 듯 송곳니를 드러내고 계속해서 그녀 뒤에 서 있었다. 그래서 그녀는 진작부터 죽음을 받아들이고 있었던 것이다.

슈세이는 일어섰다. 그러자 나사도 함께 일어섰다. 두 사람은 서로에게 빨려 들어가듯 서로를 마주보았다.

슈세이는 말없이 나사의 블라우스 단추를 채웠다. 나사는 조금 놀란 듯한 표정을 지었지만 곧 부드러운 미소로 변했다.

슈세이는 나사를 껴안았다. 품 안의 나사가 슈세이의 등 뒤로 살며시 손을 올렸다.

'작다…….'

처음 안은 나사의 몸은 슈세이가 상상했던 것보다 훨씬 가냘펐다. 그리고 따뜻하고 부드러웠다. 그녀의 아픈 심장은 지금 이 순간에도 그녀를 살리기 위해 온몸으로 피를 보내며 뛰고 있었다.

부끄러운 듯 슈세이의 가슴에 얼굴을 파묻으면서 나사

는 작게 몸을 움츠렸다. 그리고 천천히 슈세이를 올려다 보았다.

그녀가 무엇을 원하는지 알고 있었다. 하지만 나사의 단호한 눈빛을 보지 못하고 슈세이는 자기도 모르게 시선을 돌렸다.

"아하하… 역시 안 되려나?"

조금 슬픈 듯한 얼굴로 나사는 슬그머니 슈세이에게서 몸을 뗐다.

"미안해, 갑자기. 나 이제 갈게."

나사가 돌아갈 채비를 했다.

분명 엄청난 용기를 쥐어짰을 것이다. 그러나 슈세이가 그에 부응하지 못한 것은 나사의 마음을 몰랐기 때문이 아니다.

"잠깐만! 기다려, 나사!"

슈세이의 말에 짐을 들고 현관으로 향하려던 나사가 멈칫하고 발걸음을 멈춰 섰다.

"나도 네가 좋아. 그래, 처음 만났을 때부터 계속. 그러니까……."

나사는 천천히 돌아보았다. 다음 말을 기다리고 있는 듯했다. 상기된 얼굴로 고개를 갸웃하며 물끄러미 슈세이를 바라보고 있었다.

“그러니까 지금 그렇게 말고… 네가 건강해지고… 진심으로 웃는 얼굴을 보여 주었을 때 그때 제대로…….”

“하지만 그때는 내 몸에 상처가 있을 텐데… 그래도 괜찮아?”

가슴 언저리에 살짝 얹은 나사의 손을, 슈세이는 살며시 잡았다.

“그건 네가 목숨을 걸고 싸운 상처고 무사히 살아 돌아왔다는 훈장이잖아. 오히려 나는 그런 나사가 자랑스러우니까, 그 상처는 분명 최고로 예쁠 거야.”

늘 밝은 미소를 짓던 나사의 눈동자에서 굵은 눈물이 뚝뚝 흘러내렸다.

“나 말이야, 무서웠어… 심장이식을 기다리는 것도, 수술도, 슈세이 군이 나를 선택해 줄지도… 그래서 아무 말도 하지 않고 사라지려고 했는데… 그럴 수가 없었어…….”

“나는 꼭 소행성을 발견해서 네 이름을 붙일 거야. 그러니까 그때까지 건강히 지내야지.”

“알았어! 나 꼭 살 거야.”

나사는 눈물을 닦으며 평소처럼 미소를 지으려 했지만 쉽지 않았다.

“이상하네. 웃고 싶은데 눈물이 멈추지 않아…….”

슈세이는 나사의 눈물을 손으로 닦아 주며 부드러운 머릿결을 쓰다듬고 다시 한번 꽉 껴안아 주었다. 강하고 작은 소녀는 그 품 안에서 잠시 흐느꼈다.

“나를 별로 만들어 줄래? 그러면 계속 우주에서 모두를 지켜볼 수 있을 거야.”

얼마 남지 않은 삶을 짊어진 나사의 슬픈 소원이었다. 그리고 그것을 이루어 줄 수 있는 것은 슈세이뿐이었다.

“꼭 그렇게 해 줄게.”

“고마워… 역시 슈세이 군이야…….”

나사가 울음을 멈추고 고개를 드는 순간 알람이 울렸다.

제4장

별이 되고
싶었던
너와

8월 16일 토요일

21시 35분 41초, 알람이 울렸다.

"헉!"

"왜 그래? 무슨 일이야?"

갑작스럽게 울리는 요란한 알람 소리에 두 사람은 정신을 차렸다.

"이건 설마?"

슈세이는 서둘러 거실로 가서 시스템과 연결된 모니터를 확인했다.

"오늘인가! 설마 또 오늘인가…!"

"뭐라고?"

모니터를 보면서 슈세이는 흥분했다. 진짜 무언가 발견했을 수도 있다.

"뭔가 찾아낸 건가!"

"거짓말! 진짜? 정말로? 말도 안 돼!"

나사의 기분도 고조되었다. 평소 건강할 때 보던 모습 그대로였다.

슈세이는 데이터를 자세히 확인했다. 거기에는 같은 영역을 찍은 예전 데이터와 현재의 데이터가 나란히 나타나 있었고 두 데이터를 대조한 결과도 나와 있었다. 데이터 안에는 오른쪽 위에 하얀 선으로 위치가 표시된 작은 광점 하나가 찍혀 있었다. 사진을 나란히 비교해 보면 지난번엔 없었던 빛이 나타난 걸 확실히 확인할 수 있었다.

얼마 전까지는 카메라에 소행성 천체가 포착되면 알람이 울리고 그 천체를 미츠히코의 데이터베이스와 일일이 대조해야 했지만, 최근 자동 대조로 전환했다. 그러니까 이게 만약 이미 알려진 천체라면 알람은 울리지 않았을 것이다.

오작동이 아니라면 신천체일 가능성이 높았다.

"전화! 전화!"

슈세이는 스마트폰에 저장되어 있는 국립천문대 번호로 전화를 걸었다.

"국립천문대입니다."

바로 연결됐다. 슈세이는 겨우겨우 흥분을 가라앉히고 신천체 발견 정보를 전했다.

"신천체일 가능성이 있는 광원을 발견했습니다! 남중쪽 사수자리 부근입니다! 현재 정밀 조사 중이지만 우선 발견 소식을 보내드립니다!"

정석대로라면 좀더 정확한 위치 정보를 전달해야 했지만 어쨌든 빠른 사람이 이기는 게임이다. 여유를 부리다가는 제1보의 자격을 잃을 수도 있었다.

"알겠습니다. 기록해 두겠습니다. 정밀 조사 정보는 가능한 한 빨리 전달해 주십시오. 혜성인지, 신성인지, 소행성인지 판단할 수 있을 정보 정도는 알려 주실 수 있나요?"

"아마 소행성일 텐데 우선 더 알아보고 연락드리겠습니다. 적경과 적위 정보를 알려드릴 테니 크로스체크 부탁드려도 될까요?"

"알겠습니다. 그럼 기다리겠습니다."

아직 참고 보고일 뿐이다.

슈세이는 곧바로 천체의 위치 정보를 파악하고 경과 관측을 위해 천체관측 시스템을 일단 중단했다. 신천체일 수도 있는 광원 근처를 다양한 초점거리의 렌즈로 관측하기로 했다.

소행성이나 혜성이라면 비교적 짧은 시간에 이동한다. 초점거리가 긴 렌즈일수록 더 자세한 움직임을 검출할 수 있다. 반면 신성이나 초신성은 자리에서 잘 이동하지 않는다.

검출 사진으로는 아직 잘 알 수 없지만 슈세이의 경험상 다른 별들에 비해 약간 왜곡되어 찍힌 것을 보니 이동 천체처럼 보였다.

10분 정도 천체를 쫓아가면서 정밀한 가이드 촬영을 실시하면 적어도 그 광원이 태양계 내 천체인지 아닌지는 정도는 판단할 수 있다. 거기에 이것이 소행성인지 혜성인지를 확실히 하기 위해서는 궤도요소를 확정할 필요가 있었다. 지금 이 사진만 보고 판별하기는 힘들었다.

"슈세이 군, 뭔가 찾아낸 거야? 찾았어? 나 지금 심장이 두근두근 떨려!"

"아까 그 얘기 듣고 나니까 그런 표현이 무섭잖아!"

나사는 눈을 반짝였다. 슈세이는 긴장이 풀려서 저도 모르게 주저앉고 말았다.

"뭔가가 있는 건 확실해. 이건 사진이 잘못 찍힌 게 아니야."

두 사람은 다음 사진 촬영이 끝날 때까지 침을 꼴깍 삼켜 가며 지켜봤다. 이윽고 촬영된 데이터가 모니터로 전달되었다. 슈세이는 아까의 사진과 겹쳐 보며 빠짐없이 확인했다.

"이동하고 있어. 꽤 빨라. 혜성 특유의 코마수차*도 없어. 이건… 역시 소행성일지도!"

"코마수차가 뭐야?"

나사는 모니터를 들여다보며 슈세이의 옷소매를 잡아당겼다.

"혜성의 경우는 중앙은 밝고 주위는 빛이 퍼져서 흐릿하게 나오는 경우가 많아. 그걸 코마수차라고 해. 근데 이 녀석은 점 모양의 광원이고 이동이 빨라. 이러면 소행성일 확률이 상당히 높아!"

"어떻게 이렇게 때맞춰 거짓말처럼 찾아낼 수가 있지?"

* 화상면 위에 꼬리를 끄는 혜성형의 상으로 형성되는 광학수차.

"신천체 발견이 그런 거야. 이건 할아버지와 나사가 준 선물이야."

"그럼 정말 소행성 '나사'의 탄생인 거야?"

나사는 들떠 있었다. 하지만 일이 그렇게 쉽게 풀리지 않는다는 것을 슈세이는 알고 있었다.

"아직 아니야. 여기서 관측을 거듭해서 궤도요소를 확정하면 임시 부호를 받고, 명명권을 얻어서 국제적으로 승인을 받아야 해. 여차하면 몇 년이 걸릴 수도 있고."

"우와. 꽤 복잡하구나… 하지만!"

나사는 눈동자를 빛내며 희망찬 미소로 슈세이를 향해 돌아섰다.

"그래도 살아 있으면 그때를 맞이할 수 있겠네."

희망찬 목소리였다. 생기 넘치는 목소리였다. 슈세이는 나사의 머리를 쓰다듬으며 가볍게 끌어당겼다.

"그래, 살아 있으면. 그리고 나사는 앞으로도 살아 있을 거야. 나랑 같이."

"응!"

나사가 슈세이의 품에 꼭 안겼다.

"고마워. 나 이제 괜찮아. 수술받을 각오도 됐고, 목숨을 양도받을 각오도 됐어. 5일 뒤에 대기 입원이라는데 혹시 보조인공심장을 못 달아도 입원하는 건 바뀌지 않으니 내일부터 매일 데이트하자!"

"정말이야?"

"정말이야."

슈세이와 나사는 칠월칠석에 만난 지상의 별이었다.

견우성과 직녀성은 그 사이를 은하수가 가로막고 있어서 1년에 한 번밖에 만나지 못한다고 한다. 하지만 지금 그 은하수 속에서 두 사람은 희망의 별을 발견했을지도 모른다.

게다가 1년 전 신천체를 발견했던 날과 비슷한 날에 한 번 더 신천체를 발견하는 기적이 일어났다. 슈세이는 믿고 싶었다. 나사에게도 기적이 일어날 거라고.

"맞다, 우리 사진 찍자."

미츠히코가 했던 말이 생각났다. 나사는 어리둥절해하며 앵무새처럼 답했다.

"사진?"

가장 행복한 때 둘의 사진을 남겨 두고 싶다고 슈세이는 생각했다.

"오늘은 기념일이잖아. 우리가 소행성을 발견했을지도 몰라. 그런 날은 사진을 찍어 둬야지."

"그래, 시간은 되돌릴 수 없으니까! 게다가 아직 같이 찍은 사진도 없으니까."

두 사람은 서로 바짝 붙어서 신천체 발견에 큰 공을 세운 망원경을 배경으로 사진을 찍었다. 둘은 함박웃음을 짓고 있었다.

이 사진은 고토사카 나사가 건강했을 때 남긴 마지막 사진으로, 슈세이가 살아 있는 동안 이 천문대에 장식되었다.

이날은 이 둘에게 평생 잊을 수 없는 소중한 기념일이 되었다. 이날 밤 나사는 결국 천문대에 머물렀다.

8월 17일 일요일

두 사람의 마음을 확인한 밤이 지나고 다시 일상이 돌아왔다.

이전과 조금 달라진 게 있다면 앞으로의 시간이 이 둘에게 더 귀중하고 소중한 시간이 되었다는 것이다.

"데이트 첫날~ 오늘부터 내 직업은 슈세이 군의 여자친구~♬"

"여자친구가 직업이라구?"

"에헤헤, 아무렴 어때. 평생 직업이라고 하면 되지."

나사는 그 어느 때보다 적극적이었지만 슈세이는 아직 완전히 적응하지 못했다.

"아니, 잠깐. 이야기가 엉뚱한 곳으로 흘러가고 있잖아."

"왜? 싫어?"

"아, 아니, 뭐, 좋긴 한데."

"아~ 좋으면서 왜 그러시죠?"

서로의 관계가 달라지고 난 후 항상 이기는 쪽은 나사였지만 슈세이도 이런 관계가 나쁘지 않았다.

"그래서 오늘 쇼핑하러 가는 거야?"

"응, 입원에 필요한 거 사러갈 거야."

"뭔가 현실적인 쇼핑이네."

"어쩔 수 없잖아. 1달은커녕 잘못하면 연 단위 입원인데? 편안하게 지내기 위해서라도 여러 가지 물건이 필요해!"

"네~ 네~"

투덜거리며 쇼핑을 따라 나섰지만 슈세이의 머릿속은 어제 발견한 소행성으로 가득했다.

궤도요소를 확정하기 위해서는 여러 번에 걸친 관측이 필요하다. 일단 발견 자격을 얻으려면 이틀 밤 이상의 관측이 기본이다. 게다가 발견을 확정받기 위해 궤도 계산 검증을 받으려는 대기줄이 길다고도 한다. 망원경의 성능이 향상되고 천문 관측을 위한 위성도 많이 발사되고 있는 오늘날, 태양계 내 천체는 그 정도로 발견 빈도가 높다.

"오늘도 촬영하는 거지?"

"그럼."

"나도 같이 갈래!"

이럴 때 나사는 매우 건강해 보였다. 슈세이는 나사의 병에 대해 문득 잊을 뻔했지만 정신을 차리고 고개를 가로저었다.

"이제 곧 대기 입원해야 하는데 컨디션 조절해야지."

"나도 궁금하거든! 게다가 난 이제 곧 세속을 떠나야 한단 말이야. 다음에 또 언제 슈세이 군과 별을 볼 수 있을지도 모르고."

"그렇게 말하니까 마음이 약해지잖아."

일단 입원하게 되면 기본적으로 병원에만 있어야 한다. 심장 기증자가 언제 나타날지 모르니 그때를 대비해서 만반의 태세를 갖춰야 하는 건 당연한 일이었다.

물론 지금 나사는 건강해 보였다. 하지만 지금 이 상황이야말로 주치의가 말하는 '기적'적인 상황이었고, 일반적인 상황이라면 진즉 입원을 하고 기증자를 기다렸을 것이다.

"너무 궁금하고 설레면 심장에 안 좋아."

"그 농담엔 웃을 수 없으니까 이제 그만하지?"

"아하하!"

쇼핑을 마친 후 슈세이는 나사의 집에 가서 짐을 내려놓고 바로 천문대로 갈 예정이었지만 집 앞에서 시즈쿠 씨와 딱 마주치고 말았다.

"아, 엄마, 쇼핑하고 왔어!"

"정말이지 너는… 곧 입원한다는 애가."

"네네~ 방에 짐 좀 두고 올게요!"

나사는 짐을 들고 재빨리 집 안으로 들어갔다. 현관 앞에는 슈세이와 시즈쿠 씨만 남겨졌다. 그러자 시즈쿠 씨가 살짝 목례하고 입을 열었다.

"오늘 아침 나사한테서 전화로 들었어요. 둘이… 사귀기로 했다죠?"

작게 미소 짓는 시즈쿠 씨에게서 슈세이에 대한 나쁜

감정은 보이지 않았다. 슈세이는 조금 쑥스러워하면서, "아, 네." 하고 짧게 대답했다.

"신나서 얘기하더라고요. 게다가 무슨 소행성을 찾았다고도 하던데."

"아직 확정은 아니지만 일단 국립천문대에 보고했습니다."

"슈세이 씨, 아주 멋진 분이신 걸로 알고 있습니다. 부디 저희 딸을 잘 부탁드려요. 아픈 건 알고 계실 테니 여러 가지로 신경 써 주시면 감사하겠습니다."

"어려운 상황이라는 건 나사에게 전해 들었습니다. 저는 그 모든 걸 포함해서 나사를 좋아합니다. 아, 그리고 천문대에 AED가 있습니다. 할아버지께는 큰 도움이 되지 못했지만요."

"그래도 그나마 안심이 되네요. 나사가 입원할 때까지 별일 없으면 좋겠지만 실은 지금 나사의 상태가…"

시즈쿠 씨가 무슨 말을 꺼내려 할 때 나사가 끼어들었다.

"엄마! 쓸데없는 소리 하면 안 돼! 슈세이 군이 걱정하잖아. 걱정해 봤자 뭘 어떻게 할 수 있는 것도 아닌데."

"아니, 그래도……."

시즈쿠 씨가 말을 이어가려 했지만 슈세이가 말을 잘랐다.

"아니요, 괜찮습니다. 감사합니다. 나사가 말하고 싶어 하지 않으면 듣지 않는 게 좋을 것 같아요. 나사도 제가 말하고 싶지 않은 부분에 대해 굳이 더 묻지 않았거든요. 그게 나사의 좋은 점인 것 같고 저도 본받으려 합니다."

그랬다. 나사는 이미 슈세이의 어두운 기억에 대해 눈치채고 있었을 테지만 거기에 관해서는 아무것도 묻지 않았다.

그건 나사가 슈세이에게 무관심해서 그런 게 아니라 세심하게 배려하기 위해서였다는 것을 슈세이도 알고 있었다. 그래서 슈세이도 나사가 직접 말하지 않는 것은 굳이 듣지 않겠다고 다짐했다.

"고마워요. 나사를 잘 부탁해요."

시즈쿠 씨는 다시 한번 인사하고 두 사람을 배웅했다.

두 사람은 차에 올라 천문대로 향했다.

나사는 아까 그 문제에 대해서는 따로 언급하지 않았고 가벼운 주제들만 골라 이야기했다.

"오늘 날씨 좋다. 이러다 신천체 하나 더 발견하는 거 아니야?"

"아니, 그건 아닐 거야."

나사는 나흘 뒤 입원을 앞두고 있다. 아직 기증자는 나타나지 않았지만 이는 어느 대기 환자나 같은 조건이다. 우선순위와 적합성에 따라 공평하게 선정되게 돼 있다.

슈세이가 할 수 있는 일은 심장 기증자가 나타나기를 기도하는 것뿐이었다.

하지만 그건 누군가의 죽음을 바라는 것이고 누군가는 소중한 사람을 잃는 일이기도 했다.

그 현실을 생각하니 나사가 짊어진 운명의 무게에 가슴이 저렸다.

"나도 찍을 수 있을까? 소행성 사진."

"그럼, 전에 이것저것 찍는 연습을 했잖아. 그걸 응용해서 찍을 수 있을 거야."

"응용해서? 요점은 적도의를 얼라인먼트하고 소행성의 적경, 적위를 입력해서 맞춘 다음 셔터 온, 맞지?"

"응, 기본은 그거야."

나사는 기억이 좋다. 학교에 거의 나가지 못했다고 들었는데 기본적으로 머리가 좋은 것 같았다.

"좋아, 그럼 나 오늘 저 큰 걸로 찍어도 돼?"

"그래. 그걸로 해 봐. 나는 밖에 있는 중형 망원경으로 경과 관측하면서 데이터 정리하고 있을게. 밑에 있을 테니까 모르는 거 있으면 물어보고."

"음, 혼자서 할 수 있어."

나사는 이미 주 관측실의 망원경을 다루는 데 익숙해져 찍기 어려운 천체가 아니라면 혼자서도 직초점 가이드 촬영을 할 수 있게 되었다. 시스템화 된 최신식 망원경 덕분이었지만 나사가 워낙 습득이 빠른 덕분이기도 했다.

천문대에 도착한 뒤 간식을 먹으며 천문계 뉴스를 살피던 슈세이는 작은 기사 하나를 발견했다.

'NGC 247 초신성에 대한 의문. 새로운 증거가 속속 나타나… 아키타 씨를 비롯한 의심파가 히로세 씨 고발'이라고 쓰여 있었다.

아키타 씨와는 그 일 이후 바로 연락해 증거를 교환했다. 하루 이틀 사이에 끝내버리는 이 신속함이야말로 헌터라서 가능한 추진력이었다.

"대단하네, 아키타 씨."

"응? 아키타 씨가 누구야?"

"어제 강연에서 알게 된 분인데 할아버지의 지인이시기도 해. 그때 그 초신성 관련해서 움직여 주신 것 같아."

나사는 잠시 뉴스를 훑어보더니 슈세이를 바라보며 미

소 지었다.

“좋은 방향으로 갈 것 같네. 진실이 밝혀지는 건 좋은 일이지.”

“그렇지.”

미츠히코도 그랬지만 나사 역시 슈세이와 할아버지가 그 초신성을 제일 먼저 발견했다는 사실을 아무런 의심 없이 믿어 주었다. 특히 나사는 미츠히코와 달리 할아버지를 직접 알지 못한다. 그런 점에서 더 남다른 점이 있었다. 그것은 슈세이에게 소중한 유대감을 느끼게 했고 신뢰를 쌓기에 충분한 것이었다.

나사는 홀로 주 관측대에 올랐다. 슈세이는 밖에서 또 다른 망원경을 설치하고 데이터 수집 준비를 시작했다.

나사는 익숙한 손놀림으로 돔을 열고 망원경 얼라인먼트 작업을 시작했다.

45cm나 되는 망원경은 꽤 컸지만 컴퓨터로 자동제어할 수 있어서 체구가 작은 나사도 문제없이 다룰 수 있다.

“얼라인먼트♪ 얼라인먼트♪”

기묘한 멜로디를 붙이면서 나사는 베가와 알타이르, 그리고 서쪽으로 기울기 시작하는 아크투르스 등에 맞춰 망원경의 초기 세팅을 끝냈다.

"소행성이 사수자리 근처였지? 조금 더 올라왔으려나? 아직 낮은 쪽에 있겠지?"

낮은 하늘에 위치할수록 관측 조건은 나빠지는데 사수자리는 남중 하늘 쪽에서도 고도가 낮은 편이었다. 좀더 기다릴 필요가 있었다. 나사는 그때까지 다른 천체를 찍으려고 생각했다.

"뭘 찍을까나. 도넛을 찍어볼까?"

이 망원경은 초점거리가 180mm였다. 찍으려는 천체에 따라서 형상 전체를 담지 못하는 경우도 있지만 거문고자리의 M57, 도넛이라고도 불리는 고리성운은 이 망원경으로 찍기에 최적의 성운 중 하나였다. 그리고 성씨에 거문고琴라는 글자가 들어간 나사도 평소 좋아하던 천체였다.

"좋아, 딱 가운데 맞췄어! 이 망원경 멋지네. 나 같은 아마추어도 사용법만 알면 천체를 찍을 수 있다니. 이거 직접 맞추라 하면 절대 무리일 듯."

초점에 잡힌 천체는 컴퓨터 모니터에 표시돼 있다. 이제 자동 관망 상태로 촬영하면 된다.

"음, 가이드 별 오케이. 가이드 상태 양호하고, 촬영 설정은 게인gain*을 이렇게 해서 5분 간격으로 총 12장 찍게 설정하면 되려나?"

촬영 데이터를 세팅하고 10초 뒤 촬영이 시작되도록 타이머를 설정했다. 여기까지 하면 앞으로 1시간 정도는 기다리기만 하면 된다.

아래층으로 내려가는 것도 좋았지만 나사는 왠지 모르게 바닥에 드러누워 돔의 슬릿 사이로 별을 바라보고 싶어졌다. 조명이 꺼진 돔 안, 다른 기기에서 나오는 약한 불빛이 만든 망원경의 그림자와 돔 너머로 보이는 밤하늘의 대비가 형언할 수 없는 편안한 기분을 만들어 주었다.

"별이라… 이 하늘의 끝이 우주와 이어져 있다는 게 신기해."

실내에 작게 퍼지는 망원경의 구동 소리를 들으며 나사는 생각에 잠겼다.

원래부터 별은 좋아했다. 그러나 슈세이와 만나고 나서는 신성, 초신성, 소행성뿐 아니라 그 모든 우주 전체가 사랑스럽게 느껴졌다.

정신 차려 보니 슈세이는 나사에게 소중한 존재가 되

* 카메라 센서의 신호 증폭을 제어하는 디지털 카메라 설정.

어 있었다. 그런 사람과 어제 연인이 되었다.

"나 열심히 살고 있네."

열심히 해도 안되는 건 수명뿐이구나, 하고 자조적인 한숨을 내쉬었다.

현재 일본 내 심장이식 수술 성공률은 높은 편이다. 기증자가 나타나 수술에 성공하고 예후가 좋으면 10년 생존율은 90%를 넘는다고 한다.

다만 기증자를 기다리다가 숨지는 사람도 있다.

"10년 후라도 나는 겨우 27살이야. 적어도 앞으로 50년 정도는 살고 싶어."

첫 시한부 선고 이후 7년을 넘겼다. 지금의 상태는 기적이라고 주치의도 말했다.

"기적이라……."

기적이란 게 있다면 지금 당장 이 심장을 새것으로 바꿔 주면 좋겠다. 수술 같은 것 없이 깨끗하게 나으면 좋겠다. 그런 꿈을 몇 번이나 꾸었다. 그리고 눈을 뜰 때마다 절망했다.

"나와 슈세이 군의 소행성이야. 이번에는 분명 슈세이 군이 제1보가 될 거야. 그러면 '잘했네, 축하해!' 라고 말해 줘야지."

소행성은 명명권을 얻어야 큰 의미를 갖는다. 이를 위한 궤도요소 확정에는 시간이 걸릴 거라고 슈세이는 말했었다.

"살아야지. 살아남아야지."

계속 죽음과 마주해 왔다. 죽음은 항상 바로 옆에 있었다. 그것이 언제든 나사를 집어삼킬 수 있었다. 나사도 각오해 왔던 일이었으므로 사는 것에 그렇게 큰 미련을 두지 않았었다.

하지만 오늘 나사는 정말 살고 싶다고 생각했다. 여명餘命을 선고받은 이후 처음으로 삶에 집착이 생겼다.

"슈세이 군은 잘하고 있나? 헉, 아아…!"

몸을 일으키려 할 때 왼쪽 어깨와 등 쪽에 찌릿한 통증이 느껴졌다.

'뭐지, 왜 이러지…….'

한순간의 격통에 온몸의 힘이 빠지며 나사는 바닥에 쓰러졌다.

'안 돼… 힘이 안 들어가… 숨 쉬기가 힘들어… 말도 안 돼, 거짓말… 이런 게 어디 있어…….'

희미해져 가는 의식 속에서 나사는 벽에 있는 버튼을 향해 손을 뻗었다. 예전에 슈세이가 알려준 긴급신고 버튼이었다. 원래는 할아버지를 위해 만든 것이었고, 천문대 어디에서 쓰러지더라도 누를 수 있도록 곳곳에 설치되어 있었다.

'슈세이 군, 도와줘… 안 돼… 이럴 수는 없어, 말도 안 돼…….'

그리고 나사의 의식은 암흑의 세계로 빠져들었다.

슈세이는 아래층 거실에서 어젯밤 자동 설정으로 촬영한 데이터를 체크하고 있었다. 소행성으로 추정되는 천체는 상당한 속도로 이동하고 있었다.

궤도요소 확정을 위해 국립천문대에도 순차적으로 보내고 있지만 그쪽도 업무가 밀려 있어 당장은 확정이 어려울 것 같았다.

오늘 밤 관측이 순조롭게 끝나고 내일 관측 데이터가 다 갖춰지면 제1보가 될 수 있을 것이다. 하지만 그것만으로는 부족하다. 가능한 한 빨리 명명권을 얻고 싶다. 이런 생각은 하기 싫지만 나사가 살아 있는 동안 소행성에 그녀의 이름을 붙여 주고 싶었다.

그것은 슈세이만이 해 줄 수 있는 선물이 틀림없었다. 그런 생각을 하고 있을 때 긴급신고 경보가 울렸다.

"앗!"

슈세이는 즉시 상황을 알아차렸다. AED를 들고 2층 주관측대로 뛰어갔다.

"나사! 정신 차려! 나사!"

불을 켜자 바로 눈에 들어온 것은 바닥에 쓰러져 있는 나사의 모습이었다. 긴급신고 버튼을 간신히 누르고 기력을 다한 듯 쓰러져 있었었다.

슈세이는 맥박부터 확인했다.

"어떻게 또 이런 일이…!"

'왜, 왜 하필 또 오늘이지…….'

할아버지는 정확히 1년 전 오늘인 8월 17일 새벽에 쓰러졌다. 그때와 시간은 조금 다르지만 오늘 역시 8월 17일이다. 어제의 발견을 포함해서 우연의 일치라 하기엔 너무도 똑같은 상황에 마음이 복잡했다.

"할아버지! 제발 데려가지 말아 주세요! 아직 이 아이에겐 미래가 있단 말이에요!"

기도하는 마음으로 외쳤다.

슈세이는 응급조치 강의를 들어서 어떻게 해야 하는지 알고 있었다. 아직 호흡이 있는지 바로 확인했지만 멈춰 있는 것처럼 호흡이 얕았다.

이 시설은 응급구조 시설로 등록이 되어 있어서 버튼을 누르면 바로 구급대에 연락이 가게 돼 있다. 구급차는 이미 이쪽으로 오고 있을 있을 것이다.

슈세이는 AED 전원을 켜고 재빨리 나사의 상의를 걷어 올렸다. 제세동기 패드를 오른쪽 가슴과 왼쪽 옆구리에 붙였다. 심장 마사지를 하면서 AED의 판단을 기다렸다. 곧 전기충격이 필요하다는 것을 알리는 전자음이 울렸다.

'해 보자. 전기충격.'

AED의 전기충격 작동 버튼을 누르자 나사의 몸이 튀어 올랐다.

"됐나?"

빠르게 맥박을 확인했지만 여전히 뛰지 않았다.

"왜 그러지? 정신 차려, 나사야! 너 안 죽는다고 했잖아, 꼭 살겠다고 했잖아! 나사야!"

다음 전기충격이 준비될 때까지 슈세이는 심장 마사지를 계속했다.

"한 번만 더! 제발!"

다시 나사의 심장에 전기충격이 가해졌다.

"콜록……."

나사가 기침을 하면서 맥박과 호흡도 돌아왔다. 멀리 사이렌 소리도 들려왔다.

"됐다… 됐어! 죽으면 안 돼, 나사야!"

슈세이는 울고 있었다.

"네 이름이 우주에 오를 때까지, 아니, 그 뒤에도 계속 살아야지!"

구급대가 도착했을 때 그들에게 나사를 맡기며 슈세이는 시즈쿠 씨에게 전화를 걸었다.

나사는 주치의가 있는 순환기 병동으로 응급 이송되었다.

"정말 감사합니다. 이번에는… 정말 큰 민폐를 끼쳤네요."

병원 복도에서 응급처치가 끝나길 기다리고 있던 슈세이에게 달려온 시즈쿠 씨가 깊이 고개 숙였다.

"아, 아뇨, 아닙니다… 오히려 사과는 제가 해야죠. 죄송합니다. 나사가 아픈 걸 알고 있으면서… 대기 입원이 필요하다고 들은 지도 얼마 안 됐는데……."

"나사가 그것도 이야기했군요. 그건 신경 쓰지 마세요. 오히려 그걸 알고도 나사와 함께해 주셔서 감사할 따름입니다."

"네?"

"우리 나사는 계속 친구를 사귀지 못했어요. 친구들에게 병에 대해 말했더니 '곧 죽는구나.' 라는 얘기를 들었나 봐요. 그렇다고 알리지 않고 일반인들처럼 생활하자니 건강에 더 무리가 가서요. 아이들은 참 잔인하죠. 친구들이 먼저 배려하길 기대할 수도 없고 해서 자연스럽게 혼자가 됐죠. 그런 경험이 있다 보니 슈세이 씨를 깊이 신뢰한 것 같아요."

"그렇군요……."

나사가 얼마나 외로웠을지, 그런데도 얼마나 열심히 살아왔을지 새삼 생각해 보게 되었다.

"나사가 쓰러졌을 때 상태는 어땠었나요…?"

시즈쿠 씨의 물음에 슈세이는 대답했다.

"잠시 심정지가 온 것 같았지만 AED 덕분에 다시 움직였고 호흡도 돌아왔습니다. 조치가 빨랐기 때문에 다행이라고는 들었습니다만……."

그대로 두 사람은 복도 벤치에 앉아 주치의가 나오길 기다렸다.

얼마나 시간이 흘렀을까? 중환자실에서 주치의가 나왔다.

"선생님, 나사는요?"

시즈쿠 씨가 제일 먼저 달려가 나사의 상태를 물었다.

"어머님, 일단 목숨은 건졌습니다만……."

말을 이어 가려던 주치의는 슈세이의 존재를 의식하고 머뭇거렸다. 비밀 유지 의무가 있어서 가족 외의 사람에게는 환자의 자세한 상태에 대해 말할 수 없었을 것이다.

"이분은 괜찮아요. 나사의 소중한 분입니다. 같이 들을게요."

"그러세요. 그럼 이쪽으로."

슈세이는 말 없이 두 사람을 따라갔다. 접견실 같은 곳을 통과한 후 두 사람은 주치의 앞에 앉았다.

"결론부터 말씀드리면 가능한 한 빠른 이식수술이 필요합니다."

"그렇게… 안 좋은가요?"

슈세이는 간신히 말을 꺼냈다. 입이 바싹 마르고 가슴 주변이 울렁거리는 듯한 불쾌감이 들었다.

"나사가 지금까지 이렇게 돌아다닌 것 자체가 기적이었습니다."

"그런……."

시즈쿠 씨는 손수건으로 눈을 가리고 고개를 떨구었다.

주치의는 특히 슈세이를 향해 재차 설명했다.

"일반적인 경우라면 나사는 이미 이식 순서가 돌아와서 수술도 마쳤을 만큼의 시간을 기다렸습니다. 그리고 나사의 병세는 몇 년 전부터 대기 입원을 하고 있었어야 할 정도였습니다."

슈세이는 계속 시선을 아래로 떨어뜨린 채 말을 겨우 이어 갔다.

"그렇다면 선생님 말씀은 나사의 심장은 이제……."

"언제 그 기능을 멈춰도 이상하지 않다는 거죠. 약이 잘 들어서 컨디션이 나쁘지 않은 상황이 오래 지속된 것이 오히려 방심을 초래했다고 할 수 있습니다. 이렇게까지 급속히 기능이 떨어지다니……."

내과 치료만으로 일반인과 같은 생활을 유지할 수 있었던 것은 기적이었다. 하지만 그것이 오히려 독이 되었다.

"'이렇게까지'라면……."

시즈쿠 씨는 힘없이 물었다. 이미 마음의 준비를 하고 있어서 그런지 곧바로 무너지지는 않았다. 하지만 손수건을 세게 움켜쥔 손이 작게 떨리고 있는 것으로 보아 필사적으로 감정을 억누르고 있는 것 같았다.

"현재는 인공호흡기를 부착하고 심장 펌프 기능이 회

복되길 기대하면서 약을 투여하고 있습니다만 결국엔 조속한 이식이 필요합니다."

"그렇다면 혹시 기증자는……."

기어들 듯한 목소리로 시즈쿠 씨는 물었다.

"안타깝게도 지금 단계에서는 뭐라 드릴 말씀이……."

"어떻게 그런 말씀을…!"

슈세이는 저도 모르게 일어나 소리쳤다.

"앉으세요. 저희도 매우 힘듭니다. 이해해 주십시오."

주치의도 주먹을 꽉 쥐고 있었다.

여기서 나쁜 사람은 아무도 없다. 나쁜 건 상황뿐이다. 운명의 신이 있다면 너무한 거 아니냐고 백 번이고 천 번이고 따져 묻고 싶었다.

"오늘 밤은 중환자실에서 경과를 지켜봐야 할 것 같습니다. 상태에 따라서는 집중 치료실로 옮길 수도 있고요. 하지만 어쨌든 오늘은 이만 돌아가시는 게 좋을 것 같네요. 가족이 무너지면 다 같이 힘들어집니다."

슈세이는 입술을 깨물었다.

생사의 기로를 헤매고 있는 나사에게 의사가 아닌 슈세이가 할 수 있는 일은 없었다.

"무슨 일이 생기면 연락드리겠습니다. 오늘은 돌아가

주세요. 슈세이 씨, 신속한 조치 정말 감사합니다."

시즈쿠 씨가 감사를 표하며 인사했다. 주치의는 조치를 위해 다시 중환자실로 사라졌다.

무력감이 슈세이를 짓눌렀지만 그래도 돌아갈 수밖에 없었다. 병원을 나서자 하늘은 슈세이의 마음을 반영하듯 잔뜩 구름으로 뒤덮여 있었다.

집으로 돌아갈 마음이 들지 않아 슈세이는 천문대로 돌아왔다. 그러나 결국 관측은 하지 못했다.

"이럴 때도 나는 하늘을 쳐다보는구나. 제기랄……."

자신도 모르게 나온 이 습관에 슈세이는 화가 났다. 맑은 하늘 같은 미소를 지닌 나사의 수명을 저 구름들이 빨아들이는 것 같기까지 했다.

'여기는 저주받은 곳인가.'

문득 그런 생각이 들었다.

이 천문대에서 1년 전 할아버지가 쓰러졌고 오늘은 나사가 쓰러졌다. 할아버지가 쓰러진 날에 초신성이 나타났고, 나사가 쓰러지기 전에도 소행성이 발견되었다. 사람의 목숨을 빼앗아 신천체를 찾는 천문대냐며 욕이라도 실컷 퍼붓고 싶었다.

"결국 사람은 죽는구나. 우주도 죽겠지, 언젠가는……."

슈세이가 우주를 좋아하는 것은 그 엄청난 크기와 인간 세상의 상식이 통하지 않는 수수께끼투성이의 세계가 매력적이기 때문이었다. 우주를 느껴 보면 인간 따위는 한없이 작게 느껴졌다.

"하지만 나사는 나름대로 열심히 살아왔어… 지금이라도 기증자가 나타난다면 나사는 살 수 있어. 어차피 사망자는 매일 생기니까, 나사가 이식받을 수 있는 심장도 그만큼 많을 텐데… 제발, 제발 누구든 나사를 위해 죽어 줬으면……."

해서는 안 될 말이었다. 너무나도 이기적이고 금기시되는 말이었다. 그러나 지금 슈세이가 느끼는 솔직한 심정이었다.

살 가능성이 없는 생명을 끝내지 않으면, 살 가능성이 있는 또 다른 생명을 구할 수 없다.

만약 지금 죽음을 앞둔 생명이 있다면, 다시 살아남을 가능성도 전혀 없다면, 그냥 빨리 죽게 내버려 둬서 장기 기증자로 돌릴 수 있지 않을까. 그렇게 보면 간단해 보이는 문제 같기도 했지만 여전히 답은 나오지 않았다.

거기까지 생각하고 슈세이는 정신을 가다듬었다.

이렇게 낙담하고 있어 봤자 달라지는 건 아무것도 없

었다.

"뭐가 왔었네."

모니터를 보니 메일 한 통이 와 있었다. 국립천문대에서 온 메일이었다.

소행성으로 추정되는 신천체 발견 건 관련하여 말씀드립니다. 국외 각 지역의 관측 시설에서 확인해 보았습니다만 악천후로 인해 확인이 어려웠습니다. 어젯밤 국내 여러 시설에서 확인했지만, 다음날인 오늘은 전국적인 악천후로 인해 충분히 관측하지 못했습니다. 발견을 확정하기에는 아직 관측 자료가 부족하여 잠시 유예하고자…….

"유예하고자…?"

슈세이에게는 아직 시간이 있다. 하지만 그 명명권 소식을 가장 먼저 알리고 싶은 소중한 존재는 지금 죽음에 직면해 있다. 유예할 수 있는 시간 따위는 없었다.

"방법이 없을까…?"

슈세이는 자신도 모르게 책상에 주먹을 내리꽂고 싶은 충동을 느꼈다.

실제로 슈세이가 가지고 있는 관측 데이터도 풍부하다

고는 할 수 없었다. 일기예보로는 오늘부터 계속 날씨가 별로 좋지 않다. 슈세이는 어젯밤에 약간의 관측 데이터를 얻었지만 유의미한 데이터라고 하기에는 아직 부족했고 애당초 발견 다음날 밤의 관측이 성립하지 않으면 발견을 인정받지 못할 위험이 있다.

국립천문대와 제휴한 각국의 관측 시설이 있는 지역에도 일제히 악천후가 덮쳐, 발견 다음 날 관측이 거의 이루어지지 않고 있었다.

"자연현상이니 뭐 어찌할 수 없는 건 알지만…!"

초조해 해 봤자 할 수 있는 건 아무것도 없다. 하지만 그 무력감이 슈세이를 분노하게 했다.

그때 전화벨이 울렸다.

설마 나사의 상태가 나빠진 건가 싶어 흠칫했다. 혹시나 하는 마음으로 조심스럽게 화면을 보니 얼마 전 번호를 교환한 아키타 씨의 이름이 떠 있었다.

"여보세요?"

"오, 슈세이 군인가. 나일세, 아키타. 좋은 소식이 있어서 연락했네."

"좋은 소식이요?"

"일전에 있었던 NGC 247 초신성 건 말이야. 히로세의 제1보가 파기될 것 같네."

"정말요?"

"그 초신성을 먼저 발견한 건 자네라는 쪽으로 판단이 기울기 시작했어. 자네가 낸 자료들이 타당했던 거지. 나와 나가노 씨가 스미스소니언협회*에 반기를 든 것도 한몫했겠지만."

"나가노 씨라면… 그 천체 궤도 계산의…!"

슈세이는 놀랐다. 아키타 씨는 전화 너머에서 유쾌하게 웃었다.

"그래. 스미스소니언협회에서 아마추어 천문가의 신천체 발견 통보 제도를 확립한 사람이지. 그 안에서 영향력도 꽤 커."

나가노 슈이치는 전 세계적으로도 유명한 궤도 계산의 대가다. 그의 손에 의해 지금까지 밝혀지지 않았던 천체의 궤도가 확립되고 그 계산에 근거해 천체를 재발견하는 등 그의 성과를 일일이 나열할 수 없을 정도다. 그런 인물과 알고 지내는 아키타 씨 역시 상당한 인물이다.

"자네의 데이터가 신빙성이 높았던 것도 있지. 그러니

* 미국의 특수 학술 기관으로서 항공우주박물관 등을 설립하였다.

자네가 제1보라고 자신 있게 말할 수 있는 날이 올 거야."

"그렇군요… 감사합니다."

좋은 소식이 틀림없지만 슈세이에겐 지금 그보다 더 궁금한 게 있었다. 기쁜 일인데도 마음껏 기뻐할 수 없었다.

"그런데 무슨 일 있나? 기운이 없어 보이네만."

"아… 사실은 어제 발견한 소행성의 추가 관측이 잘 안 돼서요……."

전화기 저편에서, "흠……." 하는 작은 탄식이 들렸다.

"자네가 새로운 소행성 제1보를 넣었다고는 들었어. 타이요와 자네의 집념의 결과라고 말하고 싶지만… 각국의 제휴 기관에서는 관측되고 있지 않은가?"

"그쪽도 워낙 날씨가 좋지 않아서 관측이 제대로 되지 않았어요."

"그렇구먼. 이건 조급해해도 어쩔 수 없는 일일세. 온 세상 하늘은 연결되어 있지 않나. 전 세계의 헌터들이 신천체를 한번 보겠다고 안간힘을 쓰고 있으니 좋은 소식을 기다려 보세."

"네, 감사합니다."

감사의 인사를 하고 전화를 끊었다.

"온 세상의 하늘은 연결되어 있다라……."

그 말을 듣자 슈세이는 불현듯 어떤 장면이 떠올랐다.

"있잖아, 하늘은 온 세상과 연결되어 있지…? 그럼 이 하늘의 끝은 우주의 끝과도 연결되어 있는 거지…? 신기하다. 슈세이 군, 저 별 좀 봐 봐. 저게 보인다는 건 저 별에서 지금 내가 있는 여기까지 가로막는 게 없다는 거야?"

나사가 했던 말이다. 맞다. 하늘은 연결되어 있다. 그리고 하늘 끝에는 우주가 있다. 그걸 믿을 수밖에 없지만 모든 상황은 슈세이의 기대를 모조리 빗나갔다.

8월 18일 월요일 오후

천문대 거실에서 잠들어 있던 슈세이는 시즈쿠 씨로부터 걸려온 전화에 잠에서 깼다.

"나사의 의식이 돌아왔어요…!"

희소식이었다. 어제의 초신성 이야기는 이제 아무래도 좋을 정도의 희소식이었다.

"곧 가겠습니다!"

순식간에 잠이 깨버린 슈세이는 차에 올라타 병원으로 향했다. 나사는 개인실로 옮긴 상태였다. 병실을 안내받고 조심조심 문을 열었다.

“슈세이 군 왔구나! 야호!”

“나사야…!”

아무 일 없었다는 듯이 평소의 모습으로 맞아준 나사를 보고 슈세이는 안도의 한숨을 내쉬었다.

“아하하, 걱정 많이 했나 보네. 미안해.”

“걱정했다 할 수준이 아니야… 너 심장이 멈췄었다고!”

“들었어. 슈세이 군이 없었다면 아마 죽었을 거야.”

“죽었을 거야라니, 내 수명이 다 줄어든 거 같았어.”

“아하하하!”

평소의 나사였다. 침대 위에서 상체를 일으키며 웃는 모습을 보니 도저히 죽을 뻔했다는 생각이 들지 않았다.

하지만 몸 이곳저곳에는 링거와 검사 기기 등이 연결되어 있었다. 침대 옆에는 나사의 심전도와 맥박 수치가 모니터에 비치고 있었다. 드라마나 영화에서 흔히 볼 법한 모습이었다.

“지금은 어때?”

“지금? 글쎄 지금이라… 최악의 상황에는 살날이 며칠 안 남았을 수도?”

나사는 마치 남의 일처럼 말했다.

"뭐라고?"

"기증자를 찾지 못하면 심장을 이식할 수 없잖아. 그렇다고 지금 당장 누군가에게 나를 위해 죽어 달라고 할 수는 없으니까. 설령 더이상 살 수 있는 가능성이 없다 해도 그 사람에겐 마지막 순간까지 살 권리가 있어. 이제 남은 건 시간싸움뿐이래."

"……."

말을 잇지 못하는 슈세이를 향해 나사는 부드러운 미소를 보냈다.

"앞으로 나에게 남은 시간이 얼마나 있는지 내가 직접 듣고 싶다고 했어. 궁금한 걸 직설적으로 물어보면 선생님은 항상 솔직하게 답해 주셨어. 그래서 선생님은 믿을 수 있어. 내 심장은 이제……."

나사의 피부는 하얀 것을 넘어서 이제는 창백해 보이기까지 했다.

"미안해, 슈세이 군."

"미안하다고 하지 마……."

그런 말은 필요 없어. 건강해져서 또 같이 별을 보자, 라고 말하고 싶었지만 말이 나오지 않았다.

"…나 좀 누워도 될까?"

"물론이지."

상체를 일으키고 있는 것도 사실은 힘들었을지 모른다. 조금 전까지의 명랑함은 어디 가고 차분하게 누운 나사는 숨 쉬는 것도 약간 버거워 보였다.

"나 말이야."

잠시 뜸들이던 나사는 말을 이어 갔다.

"이번 주 토요일이 생일이야."

"정말? 그럼 생일 파티 해야겠네."

이번 주 토요일. 5일 뒤다. 지금의 나사가 기다리기에 5일은 길다.

"해 줄 거야?"

"당연하지."

그렇게 말하면서도 슈세이는 몸의 떨림이 멈추지 않는 것을 느꼈다. 나사는 천천히 심호흡하듯 숨을 들이쉬며 한마디씩 이어 갔다.

"있지, 나 부탁이 하나 있어."

"뭔데?"

나사는 한동안 가만히 슈세이의 얼굴을 바라보았다. 그리고 이불을 몸에 감으며 반대편으로 돌아누웠다. 슈세이 쪽에서 나사의 얼굴이 보이지 않았다.

"그러니까, 있잖아……."

머뭇머뭇 고개만 살짝 돌려 눈을 마주쳤다. 피부가 하얀 만큼 새빨갛게 상기된 볼이 돋보였다.

마음을 정한 듯 나사는 슈세이 쪽으로 돌아누웠다. 그리고 이불에서 살짝 꺼낸 손을 슈세이의 손가락에 감았다.

"나랑 결혼해 줘."

이불로 입을 가리고 기어들 듯한 목소리로 말했다.

"어?"

슈세이는 무심코 되물었다. 나사는 이번에는 또렷하게 슈세이의 눈을 보며 말했다.

"나 이번에 18살이 돼. 결혼할 수 있어. 독신으로 죽고 싶진 않아."

나사는 한 마디씩 간신히 목소리를 내면서 다시 몸을 일으키려고 했다. 하지만 슈세이가 멈춰 세웠다.

"결혼해 줘."

더이상 말할 힘도 없는지 나사는 짧게 그렇게만 말하고 슈세이를 바라보며 답을 기다렸다.

"알았어… 혼인 신고서 받아 올게."

슈세이가 말하고 돌아섰을 때 뒤에 서 있는 나사의 부모님과 눈이 마주쳤다.

"앗, 혹시 지금……."

슈세이는 나사의 부모님이 다 들으신 건가 초조해졌다.

"엄마, 가져왔어?"

"지금 막 받아 온 참이야."

나사는 미리 시즈쿠 씨께 부탁했던 것 같다. 시즈쿠 씨는 슈세이에게 혼인 신고서를 내밀었다.

"나사의 소원을 들어 주신다면 저희로서는 반대할 이유가 없습니다. 단지, 그……."

슈세이는 시즈쿠 씨가 하려는 말을 알 수 있었다. 토요일에 신고한다고 부부로 지낼 수 있는 시간이 과연 얼마나 있겠느냐는 것이었다.

시즈쿠 씨 뒤에는 딸바보일 것 같은 온화한 분위기의 아버지가 있었다. 그는 슈세이에게 조용히 목례했다.

"나사를 반드시 행복하게 해 주겠습니다."

"이야, 남자답네."

나사가 꽃처럼 웃었다.

슈세이는 그 자리에서 혼인 신고서를 작성했다. 나사도 슈세이에게 몸을 의지하며 자필로 기재했고 증인은 나사의 부모가 됐다.

"기대된다. 내 생일……."

"그래, 날짜 바뀌면 바로 신고하러 갈게."

"응."

그날의 대화는 거기서 끝났다. 나사가 상당히 피곤해 보여 의료진의 판단하에 면회 시간이 끝났던 것이다.

슈세이는 혼인 신고서를 나사의 부모님께 맡기고 천문대로 돌아가기로 했다. 병원을 나와 하늘을 올려다봤다. 오늘도 흐리다. 다른 나라는 어떨까. 슈세이가 할 수 있는 건 한시라도 빨리 소행성의 명명권을 얻는 것이다. 그러기 위해서라면 뭐든지 해야 했다.

오늘 나사의 의식이 돌아왔다는 소식을 듣고 아직 괜찮다고 생각했다. 하지만 막상 힘없이 웃는 나사를 만나고 나니 슈세이도 알 수 있었다.

나사의 생명이 점점 꺼지고 있다는 것을.

또다시 신천체를, 그것도 원하던 소행성을 발견하는 기적이 일어났다. 하느님께도 불쌍히 여기는 마음이 있다면 한 번 더 기적을 보여 달라고 바랄 수밖에 없었다.

장기 기증을 받고자 하는 사람은 많다. 그에 비해 기증하려는 사람은 적다고 알려져 있다.

나사의 병을 알아보다가 인터넷으로도 장기 기증 희망 등록을 할 수 있다는 것을 알게 되어 나사 몰래 등록했다.

사실 슈세이도 그동안 장기 기증에 관심을 가져 본 적이 없었다. 기증을 신청하고 나니 그동안 알지 못한 세상이 보였다.

국내의 장기이식 현황, 특히 살아 있는 사람에게서 장기를 이식받는 것이 불가능한 심장이식은 기증자가 턱없이 부족했다.

내가 만약 더이상의 치료도 불가능한 최악의 상태일 때 나의 장기를 기증해 누군가가 살 수 있다면 과연 나는 어떤 판단을 내릴까 하는 생각을 많이 해 보았다.

지금의 나라면 연명 치료는 원하지 않을 것 같았다.

"한 사람이 죽으면 여러 명이 살 수 있다. 그게 장기이식이구나."

천문대로 향하는 차 안에서 여러 가지 생각이 머리를 맴돌았다.

이런 주제의 논쟁은 매우 어렵다. 그리고 예상치 못한 사태를 피하기 위해서라도 장기 기증 의사를 표시한 사람과 관련된 모든 정보는 극비였다.

"그렇겠지… 정보를 공개할 수 없는 것도 이해는 가네. 만약 누군가가 나사에게 맞는 심장을 가지고 있다면……."

그리고 그 인물이 더이상 살아날 수 없는 상황에 직면

해 있다면.

"그 심장을 갖고 싶지 않다면 거짓말이겠지."

그렇기 때문에 이식 알선은 적절한 의료기관과 장기이식 코디네이터로 불리는 전문 기관에 맡겨지고, 친족 간의 장기이식이 아닌 한 기증자와 환자 간에 모든 개인정보는 공개되지 않는다.

기증을 받아 목숨을 부지한 환자가 기증자나 그 유족에게 이름을 알리고 감사를 전할 수 없고 유족들이 그로 인해 누가 새 생명을 얻었는지 알 수 없게 되지만 그 이상의 공익성을 위해 정해진 규칙이었다.

"하지만 어딘가에 나사를 위한 심장은 있고, 어쩌면 지금 그 심장의 주인은 죽음에 가까워져 있을지도 몰라."

독선적인 사고방식이다. 그 점은 슈세이도 자각하고 있었다. 하지만 이대로라면 나사가 살 수 있는 가능성이 없었다. 슈세이는 실낱같은 희망을 걸고 금기를 무릅쓰기로 결심했다.

천문대에 도착하자마자 컴퓨터 앞으로 달려가 SNS 신규 계정을 만들었다. 계정명은 생명을 이어 주세요! 심장이 필요해요! 라고 감성적으로 만들었다. 한눈에 눈길을 끌지 않으면 의미가 없기 때문이었다.

한 여자아이가 심장병으로 죽어 가고 있어요. 만약 더이상 살아날 가망이 없는 사람이 있다면 부탁해요! 그 심장이 이 친구에게 닿을지도 몰라요. 염치없고 말도 안 되는 소리라는 건 알고 있습니다. 하지만 제게 소중한 사람이고 이식하면 살아날 가능성이 충분히 있습니다. 그런 그녀의 생명이 얼마 남지 않았습니다! 더이상 살아날 가망이 없을 때 가족의 판단에 따라 생명 유지 장치를 제거할 수 있다고 들었습니다. 죽음을 앞둔 목숨을 재촉해서라도 그녀에게 남은 삶을 줄 수 없을까요? 비난은 각오하고 있습니다. 가십 목적으로 퍼 가셔도 좋으니 퍼뜨려 주세요! 이 메시지가 기증자와 그 관계자에게 닿으면 좋겠습니다! 제발, 제발 부탁드립니다!

한 게시물 당 글자 수 제한이 있어서 게시 글을 여러 개로 나누어 적었다. 이제 등록 버튼을 누르기만 하면 된다.

각오는 되어 있다. 이제 이 방법밖에 생각나지 않았다.

이런 종류의 글은 찬반으로 나뉘어 다투거나 엄격한 윤리의 잣대로 손가락질받는 것을 알고 있었다. 경우에 따라서는 슈세이나 나사, 아니면 기증자의 개인 신상 정보가 인터넷에 떠돌아다닐지도 모른다. 그렇게 되면 어떡하지…….

그런 생각을 하다 보니 등록 버튼을 누를 수 없었다.

"뭐 하는 거지, 나는……."

이것이 한 조각의 합리성을 갖춘 것이라 하더라도 역시 도의적으로는 누구도 용서하지 않을 것이다. 마음으로 생각하는 것은 자유지만 공개적으로 내뱉으면 안 되는 생각이었다.

슈세이는 입술을 깨물고 등록 버튼 누르려다가 말았다. 감성적인 계정명만 남았다. 그것으로 나사의 생명의 존엄을 지켰다고 스스로를 타일렀다.

"그래도 나는 나사가 살았으면 좋겠다. 누군가의 목숨과 맞바꾸는 것은 이제 피할 수 없어. 그러니까 빨리 누군가……."

슈세이는 일단 그 화면을 닫고 소행성에 대한 상황을 확인했다. 국립천문대와 아키타 씨가 보낸 메일이 몇 개와 있었다.

"…사라졌다고?"

슈세이가 최초로 발견한 이후 기상 상황이 좋지 않아 하루 이상 관측을 하지 못했고, 그 이후 해당 좌표 주변에서 더이상 그런 천체가 찍히지 않는다는 국립천문대의 메일이었다. 아키타 씨가 보내온 메일에도 비슷한 내용이 쓰여 있는 것 같았다.

그렇지만 아키타 씨도 슈세이와 마찬가지로 궂은 날씨로 관측에 난항을 겪었을 것이다. 양측의 메일은 해외에서 올라온 약간의 관측 보고를 바탕으로 한 것 같았다.

아직 맑은 하늘에서 관측된 보고는 없다. 확신할 수는 없지만 날씨의 영향이 큰 것 같다.

라는 게 아키타 씨에서 온 메일 내용이었다.

"아니, 실종 천체라니!"

천문학 세계에서는 일단 발견돼 여러 천문대에서 관측됐는데도 이후에 천체가 사라져버리는 경우가 드물게 있다. 그것을 '실종 천체'라고 부른다.

금성의 위성으로 발견돼 명명까지 된 Neith(Nit)라는 역사적인 실종 천체가 있다. 17세기 말에 최초 관측이 보고되고 19세기 말까지 그 존재가 논의되었다. 현재는 오인이라는 의견이 지배적이지만 진실은 어둠 속에 있다.

이외에도 예는 많이 있으며 궤도요소가 확정된 주기 혜성이 한 세기 동안 재관측되지 않았다는 예도 있다.

현대의 수학과 물리학은 상당한 정확도로 천체의 궤도를 확정하고 예상할 수 있다. 그렇지 않으면 외행성 탐사

선이나 혜성, 소행성에 대한 랑데부 관측은 불가능하다.

그러나 종종 현대 물리학의 궤도 예측을 벗어나 행방불명되는 천체도 있다. 하물며 관측된 지 얼마 안 된 소행성이 갑자기 예측하지 못한 궤도에 이르러 원래 있을 것으로 추측했던 장소에서 사라져버린다는 것은 충분히 가능한 이야기였다.

좀처럼 드문 세계적 악천후가 눈을 뜨고 말았다.

"이럴 수가…!"

소행성은 비교적 발견하기 쉽다고 알려졌지만 '그럼 하나 더 찾아보면 되지.' 라고 할 수는 없다. 신입 헌터 슈세이에게는 이번이 나사의 이름을 붙이기 위한 유일무이한 기회였다.

슈세이는 밖으로 나가 하늘을 올려다봤다.

"맑아져야 해…! 이제 맑아질 거야!"

구름은 아직 많지만 기상 레이더 사이트를 확인해 보면 오늘 밤은 구름이 적을 것 같다.

"오늘은 할 수 있을지도 몰라! 내 눈으로 직접 확인해야겠어!"

만약 그래도 관측할 수 없다면, 이라는 생각은 하고 싶지 않았다. 최초 발견을 했다고는 하지만 천체를 확정 짓지 못하면 명명권은 얻을 수 없다.

8월 18일 월요일 20시 이후

"좋아!"

맑은 밤이었다.

관측에 들어가기 전 시즈쿠 씨에게 전화해 나사의 상태를 확인했다. 지금은 안정을 취하고 있다고 했다. 체력 비축을 겸해 하루 대부분 잠들어 있는 것 같았다.

즉 오전 중의 얼마 안 되는 시간만 깨어 있는 나사와 만날 수 있었다. 슈세이는 주 관측대 망원경 서브 장착 플레이트에 광각 사진 전용 망원경을 설치해 원래 소행성이 있어야 할 위치를 촬영해 봤다.

발견 당시 사진 등급은 약 16등급. 소행성치곤 밝은 편이었다. 이 밝기라면 화각이 좁은 45cm의 주 망원경이 아니라 광각의 슈미트 아스트로그래프Schmidt Astrograph로 불리는 천체 사진용 망원경이 효율적이다.

이전에 촬영했을 땐 몇십 분 만에 이동한 위치를 확인할 수 있었다. 1시간에 걸쳐 광범위하게 찍는다면 그 주변에 원하는 소행성이 있을 경우 분명히 찍힐 것이다.

"없다… 없잖아…!"

그러나 메일에 쓰인 대로 거기에는 없었다.

조금씩 영역을 바꿔 가며 거의 하룻밤 동안 예측 범위를 샅샅이 촬영해 봤지만 소행성의 모습은 보이지 않았다.

"이게 무슨 일이야! 말도 안 돼!"

관측 일수가 적기 때문에 궤도요소는 아직 정확하게 나오지 않았다. 실종되면 다시 발견하기까지 난항이 예상됐다. 게다가 사수자리 방향은 은하수 중심지로 미광성이 많다. 만약 소행성이 관측 상 이동이 적은 상태라면 별에 묻혀 발견되지 않을 수도 있다.

"뭔가 방법이 없을까……."

슈세이는 생각에 잠겼다. 우연에 의지해 발견할 수 있는 것이 아니다. 우주는 광대하다. 지구에서는 절반의 천구를 볼 수 있지만 그래도 소재가 불분명한 소행성을 아무런 이정표 없이 찾아내 검증하기는 하늘의 별 따기다.

게다가 현재 궤도요소를 알 수 없는 천체가 어느 정도의 거리와 위치에 있는지, 어떤 천체의 영향을 받고 있는지는 알 수 없다. 무서운 우연이지만 다른 소행성과 충돌해 튕겨 나갔을 가능성마저 있다.

슈세이도 천체 물리학을 전공하는 학생이다. 가정한 값을 대입하여 극히 표준적인 궤도요소를 계산해 봤지만, 성과는 없었다.

"궤도 계산이라……."

그 말이 마음에 걸렸다.

'맞다. 있지 않은가. 이 시스템을 함께 조립해서 제대로 성과를 낸 남자가.'

"미츠히코…! 그 녀석에게 부탁해 보자!"

슈세이는 미츠히코에게 전화를 걸었다. 계속 울리는 통화 연결음이 초조감을 더했다.

"여보세요?"

"나야, 슈세이! 도와줘! 너의 힘이 필요해!"

"갑자기 뭐야? 소행성 찾은 거 아니었어?"

시스템 데이터는 미츠히코에게도 전송되었다. 그러므로 그도 슈세이가 발견한 걸 알고 있었다. 미츠히코는 슈세이의 빠른 설명을 잠자코 들어 주었다. 그래, 그때처럼. 초신성 제1보를 빼앗긴 것을 알게 된 그날 밤처럼.

"너의 실종 천체 재발견 프로그램이 필요해!"

모든 것을 다 말했다. 제대로 전달됐을까. 조리 있게 말했는지 자신은 없었지만 미츠히코의 대답은 명확했다.

“사정은 알겠어. 데이터 연계를 시켜야겠지만 일단 너도 당장 여기로 와. 발견자 사정 청취는 이 시스템에서 중요한 거야.”

“고마워! 고마워, 미츠히코!”

“최고급 샤토브리앙이 먹고 싶어.”

“다 사 줄게!”

변함없이 가벼운 어조로 큰일도 마다하지 않고 들어주는 미츠히코가 고마웠다. 이제 새벽 어둠을 지나 하늘이 점점 밝아지고 있었다.

이 하늘 너머에 놈은 있다. 꼭 잡아 보겠다. 슈세이는 마음속으로 맹세했다.

8월 19일 화요일

미츠히코가 기다리는 연구실에 도착한 것은 오전 6시 전이었다. 이른 아침이긴 했지만 시즈쿠 씨에게 전화해 나사가 깨어 있는 시간을 확인하고 11시쯤 문병하러 간다고 전했다.

“미츠히코, 어때?”

"꽤 쉽지 않네. 하지만 몇 가지 가능성은 찾아냈어."

"정말이지 넌 대단해!"

"더 찬양해라. 결론부터 말하자면 첫날 관측 데이터로 미루어 봤을 때 이놈은 꽤 지구 근처에 있다고 생각해. 뭐, 지구로 떨어질 정도는 아니더라도 가볍게 스윙바이 같은 움직임을 보일 가능성이 있어."

"스윙바이? 천체끼리?"

스윙바이는 탐사 위성 등의 방향 전환과 연료 절약, 추진력 보완 등을 위해 행성이나 기타 천체의 중력을 이용해 탐사 위성을 가속하거나 감속하는 우주항법이다.

천체끼리의 중력 상호작용에 대해서는 스윙바이라는 말을 쓰지 않지만 미츠히코는 중력에 따라 움직임이 바뀐다는 의미에서 사용한 것 같았다.

"정확한 의미는 다르지만 지구의 중력에 영향을 받아 근방에서 가속했을 가능성은 있어. 궤도요소를 모르기 때문에 뭐라고 말하기는 어려워도… 소행성은 어쨌든 작은 천체야. 지금처럼 불확실한 요소가 많은 상황에서 중력의 영향까지 고려한다면 실시간으로 '아, 여기 있구나!' 하고 계산해 낼 수는 없어. 그래서 예측은 어렵지."

"그럼 근방에서 어떤 이유로 가속해서 통상 예상 범위

를 벗어났다는 건가?"

"가설이지만. 보통의 궤도 계산으로는 이런 바보 같은 예측은 나오지 않아. 내 시스템 정도 되니까 나오는 거지."

"그건 진짜 대단한데?"

"여기서 찾으면 대단하다고 증명할 수 있지. 꼭 최고급 스테이크로 사 줘."

그렇게 말하며 미츠히코는 엄지손가락을 치켜세웠다. 그것이 미츠히코 식의 배려라는 것도 알고 있다.

"너는 지금 고기 생각밖에 없지? 그런데 예측 범위는 어디쯤이야?"

"여기랑 여기랑 여기. 다크호스로 여기 그리고 여기까지."

"야야야, 양자리 쪽까지 이동한다는 게 말이 되나? 이틀인데?"

"너 우주란 놈은 언제 무슨 일이 일어날지 모른다는 것쯤은 알지?"

"그렇네."

우주는 인간의 지식을 초월한다. 1개의 수수께끼를 풀면 10개의 수수께끼가 태어난다고까지 한다.

인류의 물리학이 아무리 진보해도 단 하나의 소행성

궤도조차 정확히 알 수 없다.

"그럼 일단 관측이다. 우리는 그런 놈들이잖아."

"그래 알겠어. 한번 해 보자. 하지만……."

오늘은 벌써 날이 밝았다. 하지만 밤까지 기다리기는 마음이 급했다.

"'그래도 지구는 돈다' 잖아."

미츠히코가 중얼거렸다. 슈세이도 그 의미를 알아차렸다.

"모든 하늘은 연결되어 있다."

"예스."

천문가들 사이의 자랑스러운 주문이다. 아니, 기도라고 해도 될 것 같다.

지구는 돌고 전 세계 어딘가는 반드시 밤이다. 하늘은 모두 연결되어 있고 그 끝에는 변함없이 우주가 있다.

"컴퓨터 좀 빌릴게."

슈세이는 국제 소행성 포럼의 한 게시판에 접속했다.

이 소행성 수색 게시판은 전 세계의 관측 대조 의뢰와 소행성에 관한 이슈가 올라오는 온종일 활발한 곳이다. 이곳에 '신천체 확인 관측 의뢰'라는 게시 글을 올렸다.

8월 16일 UTC: 12시 35분 41초 (JST: 21시 35분 41초)

에 사수자리 부근에서 소행성을 발견. 발견 시 잠정 위치 정보, RA=18h 22m 21s, Dec=-32.21′08″. 국립천문대에 첫 보고. 그 후 악천후로 이틀째 관측 불가. 그 사이에 천체가 실종. 국제기구에서도 실종 확인 완료. 재발견 시급. 관측 협력 요청.

이 소행성에 사랑하는 사람의 이름을 붙이고 싶습니다. 하지만 그녀는 심장병 말기 환자로 이식 외에는 방법이 없고 기증자가 언제 나타날지 몰라서 벼랑 끝에 놓여 있습니다. 한시라도 빨리 궤도 요소를 확정해 명명권을 얻고 싶습니다.

그녀의 이름을 이 별에 붙이고 싶습니다! 실종 후 출현이 예상되는 범위는 아래와 같습니다! 하늘로 연결된 동지들이여 힘을 모아 주세요!

일본에서, 와시가미 슈세이.

UTC는 국제사회가 사용하는 표준 시간으로, 우주에 대해 말할 때 필수적인 기준이다. JST는 일본 표준시, RA와 Dec은 천구상의 위치를 나타내는 좌표로 적경과 적위를 나타낸다. 지구본에서 봤던 경도와 위도를 말하는 것이다.

슈세이는 이를 국내외 모두가 읽을 수 있게 일본어와 영어를 병기했다. 등록 버튼을 눌러 게시판에 올렸다. 그러자 순식간에 게시글이 폭발적인 관심을 받았다.

-오케이! 믿고 맡겨라! 오늘은 맑으니 좋은 소식을 기다려라!

-실종 천체도 죽이지만 뭐냐, 이 예측 범위는! 완전 날아다녔구먼!

-와시가미라면 혹시 타이요 씨와 아는 사이니? 나 옛날에 일본에서 그분께 신세를 진 적이 있어! 맡겨만 줘!

"대박… 뭐야, 이놈들… 대박이야."

순식간에 어디서 나타났는지 알 수 없는 전 세계 헌터들이 댓글을 달았다. 그중에는 유명한 코멧 헌터도 있었는데 여러 개의 혜성을 발견한 사람 같았다.

"이야, 완전 인기 글이 되었네."

미츠히코는 흥미롭다는 듯 히죽히죽 웃으며 슈세이를 가볍게 놀렸다.

"나도 처음 듣는 내용이네. 소중한 사람의 이름을 붙이고 싶다든가, 여자친구가 아프다든가."

"아니, 그, 그건 궤도요소랑 관계없잖아!"

"없긴 왜 없어. 내 의지와 큰 관계가 있지… 여자친구, 지금 위험한 상태인 거야?"

마지막 한마디만은 미츠히코에게서 듣기 힘든 진지한 어조였다.

"응. 그저께 쓰러져서 심장이 멎었었어. 지금은 이식 기증자를 기다리고 있지만 그것도 빠듯한 상황이고."

"그렇구나… 그렇다면 나도 예상 범위를 보다 좁혀 나가 볼게. 관측 정보는 이쪽으로도 수시로 흘려보내라고 해 줘."

"미츠히코……."

"그런 표정 짓지 마. 나는 순수하게 내 시스템의 능력을 시험하고 싶은 거야. 하지만 뭐, 귀여운 여자아이가 힘들어하는 건 나도 원치 않으니까. 이게 잘되면 그 소녀한테 작은 힘이나마 되지 않겠어? 나는 그저 작은 도움을 주고 싶은 것뿐이야."

"넌 참 좋은 놈이야."

"둘이서 찍은 사진은 있어?"

갑작스러운 질문에 슈세이는 당황했지만 그러고 보니 미츠히코가 저번에 했던 말이었다.

"보여 줄게."

소행성을 발견한 날 찍은 사진이었다. 슈세이에게 기대어 함박웃음을 짓는 나사의 모습을 미츠히코에게 보여 줬다.

미츠히코는 사진을 보며 조용히 고개를 끄덕인 후, 모

니터에 빽빽하게 나열된 숫자를 잠시 바라보다가 말했다.

“그 미소 꼭 지켜 주고 싶네. 그러고 싶어졌어. 이건 샤토브리앙 한 번으로는 안 되겠군.”

“아이고, 몇 번이라도 사 줄게.”

친구의 마음 씀씀이가 고마웠다. 정신을 차려 보니 눈물이 흐르고 있었다.

“야, 네가 그렇게 울면서 말하니까 못 얻어먹겠잖아.”

“시끄러워…!”

미츠히코와 아키타 씨, 그 밖에도 세계의 수많은 천문가들이 지금 슈세이와 나사의 꿈, 이제 손안에 있다고 해도 좋을 슬픈 소원이 이루어지도록 가진 능력 전부를 쏟아붓고 있었다.

그들에게 이 일은 아무런 이득도 되지 않고 그들의 명예로 이어지지도 않는다. 다만 뜨거운 천문가의 영혼이 모두를 불타오르게 했다.

그래, 히로세 같은 비열한 놈은 좀처럼 없다. 그래서 더욱 1년 전 슈세이는 깊은 상처를 입었었다. 하지만 지금 그런 슈세이를 위해 세계의 하늘이 이어졌다.

“온 세상 하늘이 이어졌네. 나사, 너의 목숨도 반드시 이어질 거야…….”

나사가 말한, 그리고 천문가들이 항상 가슴에 담고 있는 경외의 말. 그것은 기도였다. 표현하는 방법은 다양하지만 의미하는 바는 모두 같은 영혼의 축사다.

"이 하늘은 온 세상과 연결되어 있다. 그리고 하늘 끝은 우주 끝까지 이어져 있다."

천문가들은 그런 낭만을 가슴에 품고 오늘도 밤하늘을 올려다본다.

오전 11시. 약속대로 슈세이는 나사의 병실에 있었다. 이 시간만큼은 절대 다른 것이 대신할 수 없다. 뒷일은 미츠히코에게 맡겼다.

"아, 슈세이 군. 다녀오셨어요?"

"'다녀오셨어요?'는 조금 이상하지 않아?"

"내가 있는 곳이 슈세이 군이 돌아올 곳이야."

오늘은 좀 상태가 좋아 보였다. 하지만 정말 좋은지는 아무도 모른다.

"무리하지는 않았어?"

"괜찮아. 오늘은 느낌이 좋아. 이 선생님 약 처방이 신통하네. 그래서 지금까지 잘 지냈어. 하지만 식욕은 좀 없는 것 같기도 하고."

"그렇구나. 잘 먹어야지. 아무것도 안 먹으면 힘이 나지 않으니까."

"괜찮아. 다이어트하기 딱 좋네."

나사는 가볍게 말했지만 식욕이 떨어지고 있는 것은 좋은 징조라고는 할 수 없었다.

"계속 잠만 자서 심심해. 근데 소행성은 어떻게 됐어?"

"그… 좀 귀찮아졌어. 행방불명되고 말았어."

"어? 행방불명? 그럼……."

"명명권을 받으려면 다시 찾아야 해. 그런데 대박인 게 지금 전 세계의 천문가들이 도와주고 있어. 나사 말대로 온 하늘이 연결돼 있어."

"그렇구나. 그러면 반드시 찾을 수 있겠네. 그럼 괜찮아."

나사는 하늘을 올려다보았다. 하지만 보이는 것은 병실의 하얀 천장뿐이었다.

"또 우주 끝까지 연결된 별 아래에서 슈세이 군을 볼 수 있을까?"

"'있을까?' 가 아니라 꼭 같이 보자. 나사의 이름을 붙인 소행성도."

"그래, 그 마음가짐이야! 힘내!"

"힘내야 하는 건… 아니다. 나사는 계속 힘내 왔잖아. 존경스러워."

"그렇게 진지해지지 마. 나 분위기 처지는 거 안 좋아해."

"앗, 미안."

가장 괴로울 나사는 정작 밝게 행동하고 있는데 자신이 우울해하다니 한심하기 짝이 없었다.

"요즘 밤마다 꿈을 꿔."

슈세이는 나사가 내민 손을 잡았다. 그러자 나사가 작은 손으로 꽉 마주 잡았다.

"심장이 와서 서둘러 수술하는 꿈. 정신을 차려 보니 벌써 힘이 넘치고 답답함 같은 것도 안 느껴져서 온 힘을 다해 뛰어다니는 꿈이었어. 이상하지. 재활은 어디 갔냐고……."

즐거운 듯이 말하는 나사는 죽음이 임박한 인간으로 보이지 않았다. 어딘가 현실감이 없었다.

"그러니까 분명 괜찮을 거야. 슈세이 군은 소행성을 꼭 찾아 줘. 내 이름이 걸려 있어."

"알았어. 생일 전까지는 찾고 싶네."

"응응, 결혼기념일이기도 하고. 좋은 선물이지."

"결혼기념일이구나."

언제나 나사는 좋아하는 마음을 전면에 드러내지만 아직 그런 게 익숙하지 않은 슈세이는 그만 당황하고 말았다.

"있잖아, 소행성에 이름을 붙일 때 '와시가미 나사'라고 지어 줬으면 좋겠어. 이 경우에는 성도 중요해."

"어, 아니, 그, 이봐……."

갑자기 자신의 성을 따른다는 말에 슈세이는 당황했다. 기쁘기도 하고 부끄럽기도 했다.

며칠 후면 고토사카 나사는 와시가미 나사가 된다. 그렇기 때문에 풀네임으로 붙여 달라는 것이다. 그 직설적인 애정 표현이야말로 나사가 지금까지 필사적으로 살아남아 얻은 하나의 결실이라고 생각하니 사랑스러워 견딜 수가 없었다.

"알았어, 약속할게."

"응, 약속이 많은 건 좋은 일이야. 나도 꼭 함께할게."

나사의 생일까지, 앞으로 4일.

그때까지 모든 것이 해결됐으면 좋겠다고 진심으로 기도했다.

나사가 잠들 시간이 돼서 슈세이는 다시 천문대로 향했다. 아직 기증자는 나타나지 않았다. 그러나 기증자는 갑작스럽게 나타난다. 신속하게 이식 판단을 해야 한다. 그것이 대기 입원을 해야 하는 이유이기도 하다.

"빨리……."

슈세이는 기도밖에 할 수 없었다. 상대해야 할 것은 우주다.

"미츠히코, 잘 되어 가?"

천문대에 도착하자마자 슈세이는 미츠히코에게 연락을 넣었다.

"찾기 쉽진 않겠지만 아주 재밌어. '예측 지점에서 관측할 수 없었다.'라는 결과를 전 세계로부터 받았는데 그걸 바탕으로 다시 계산하고 있어. 봐 봐, 이 녀석은 대발견일지도 몰라."

"무슨 말이야?"

"딱 봐도 움직임이 이상해. 꼭 외계인이 탄 UFO 같기도 하고."

미츠히코는 웃으면서 농담했다.

"하지만 그렇게 다시 계산하면 예상되는 지점이 말도 안 되는 지점으로 나와. '아무리 그래도 여기에 있진 않겠지?' 하는 그런 데서. 즉 내 시스템이랑 지금의 데이터 정밀도만 가지고는 어렵다는 얘기지."

절망적인 생각이 들었다.

"그럼 속수무책이야?"

"일단 기다려봐. 온 세상에 이어진 하늘을 얕봐서는 안 돼. 제1보는 아니지만 네가 관측하기 전에 얘를 찍은 데이터가 몇 개 나왔어. 어차피 사수자리야. 은하수 한복판인 만큼 주의 깊게 보지 않아서 좀처럼 눈치채지 못했을 거야."

"뭐라고?"

슈세이는 놀랐다. 하지만 있을 수 있는 일이다.

헌터가 아니면 일일이 사진 비교 따위는 하지 않는다. 우연히 그 주변을 찍다가 포착했지만 발견에 이르지 못한 경우는 충분히 있을 수 있다.

"그래서 그 데이터들을 합쳐서 계산한 결과인데 말이야."

"얼른 결과를 말해 줘."

"이놈 어쩌면 역주행 소행성일지도 몰라."

역주행 소행성이란 드물게 발견되는 것으로 궤도 경사각 수치가 90°를 넘는 소행성의 총칭이다. 1999년에 처음 관측되었으며 현재도 그 총수는 100개가 채 되지 않는다. 통상적인 천체가 극 방향에서 볼 때 반시계 방향으로 공전하는 반면 역주행 소행성은 시계 방향으로 공전하는 것이 특징이다.

"설마 다모클레스 족인가?"

"그런 거지. 좀 귀찮아지지만 역주행 소행성의 가능성을 고려해 내놓은 예측 위치가 여기와 여기야."

"저쪽 예측 지점은 어쨌든 이쪽 예측 지점이라면 별로 움직이지 않았단 얘기잖아?"

"그렇지. 지금부터는 상상이지만 어쩌면 외관상의 이동이 거의 없는 위치에서 정체되었거나 상당히 드물지만 표면에 이상이 생겨 현저하게 감광하고 있었을 가능성도 있어. 그렇다면, 발견된 지 벌써 3일째니까 슬슬 다시 움직이거나 증광할 차례지."

"알겠어. 거기를 중점적으로 보자. 게시판에도 글을 올릴게."

"힘내, Shooting the moon."

이는 영어 속어로 거의 불가능한 일을 달성한다는 뜻이다. 의역하면 굿 럭, 행운을 빈다는 뜻에 가깝다.

전화를 끊은 슈세이는 곧바로 역주행 소행성일 가능성을 제기하며 새로운 예측 지점을 게시판에 올렸다. 소행성 찾기 수수께끼가 한창인 게시판에 새로운 예측 위치가 올라가자 모두 환호했다. 역시 하나에 꽂히면 무섭게 몰두하는 놈들이구나, 라며 슈세이는 쓴웃음을 지었다. 물론 자기도 포함해서 말이다.

1시간 남짓 지나자 현재 밤인 지역에서 해당 성역을 관측한 사람들로부터 보고가 올라왔다.

-이거 같은데?

-1시간 동안 가이드 촬영을 해 보니 약간 선을 그리며 찍힌 놈이 있다!

-세상에, 이런 소행성은 처음이야! 하하하!

댓글은 슈세이와 동시에 미츠히코도 확인하고 있어서 정보량은 비약적으로 증가했다.

“대단해, 정말 대단해… 전 세계의 하늘이 점점 이어져 간다… 할아버지, 저 지금 전 세계 사람들과 하나되어 별을 보고 있어요…….”

뭐라 말할 수 없는 감동이 가슴속에 차올랐다. 관측 데이터는 이후에도 잇따라 보고됐고, 그날 해가 진 뒤 슈세이 역시 실제로 확인했다.

“야, 슈세이, 네 데이터가 결정타였다. 이번 관측은 성공했네. 잠정 궤도요소도 나왔어.”

미츠히코로부터 전화가 걸려 온 것은 새벽 3시쯤이었다.

병문안을 가기 전에 슈세이는 미츠히코의 연구실에 들렀다.

8월 20일 수요일, 나사 생일까지 앞으로 남은 시간, 3일.

"오, 슈세이. 일단 축하해."

수염도 못 깎고 머리도 부스스한 미츠히코가 맞아 주었다.

"너 샤워는 했어?"

"연구자가 연구하느라 샤워를 못 했다는 건 훈장이잖아? 게다가 이게 누구 때문인데."

미츠히코는 그때부터 쭉 연구실에 머무르며 대응해 주고 있었다.

"재미있는 일이 있으면 잠자는 시간도 아까우니까."

미츠히코는 어디까지나 자신을 위해서라고 우기며 협조했다. 그런 놈인 줄 알기에 서투른 표현도 고맙게 받았다.

"궤도요소 잠정 수치와 그 내용, 어제 국립천문대에 보고하고 게시판에 흘렸는데."

"오, 보고 있었어. 국내외 거물들도 합세해서 난리 났었지. 게다가 다모클레스 족이라는 것과 실종된 소행성의 재발견, 그리고 '사랑하는 사람의 이름을 붙이고 싶습니다' 라는 사연까지 더해져 다들 축제를 즐기고 있네."

"아키타 씨까지 합세한 거 봤어?"

"좋잖아. 이야기가 커져야 주목도도 올라가지. 그래서 명명권은 어떻게 될 것 같아?"

그것이 중요하다. 명명권은 하루라도 빨리 갖고 싶다. 하지만 궤도요소가 확정됐다고 해도 실제로 이름을 붙이기까지는 시간이 걸린다.

"국립천문대로부터는 아직 아무 연락도 없긴 한데 어제 아키타 씨께서 전화를 주셨거든. 다들 주목하고 있을 때 한번 말이라도 해 보겠다고 하셨어. 뭐, '기대는 하지 말고' 라고도 하셨지만."

그리고, 슈세이는 또 하나 아키타 씨로부터 들은 이야기를 전했다. 사실은 나사에게 제일 먼저 말하고 싶다고 생각했지만 이 건은 제일 처음 믿어 준 미츠히코에게 먼저 말하기로 했다.

"NGC 247 초신성의 건은 히로세의 제1보 기록을 파기하기로 결정된 것 같아. 앞으로 재심사 결과에 따라서는 내가 최초 보고자가 될지도 몰라."

"그렇구나…! 잘됐다 슈세이. 이제 타이요 할아버지의 공로도 인정받을 수 있겠네."

"그러네. 하지만……."

슈세이는 하늘을 올려다보았다. 시야에 들어온 건 실

험실의 하얀 천장이지만 그 끝에는 지구상 어디에서나 우주가 있다.

“가능하다면 할아버지의 이름이 발견자로 남으면 좋았을 텐데.”

하루만 더. 그 돌이킬 수 없는 하루를 슈세이는 또 겪어야 할지도 모른다. 시간은 시시각각 지나간다.

와시가미 슈세이와 고토사카 나사. 이 두 사람이 보낸 마지막, 그리고 인생에서 가장 긴 3일이 곧 시작되려 하고 있었다.

“3일 남았네. 길구나.”

“상태는 좋아 보이네, 나사.”

“벌써 다 괜찮아진 것 같아.”

생일을 3일 앞두고 나사는 기분이 좋아 보였다.

혼인 신고는 슈세이가 맡았다. 생일이 토요일이기도 해서, 생일이 되는 순간 심야 접수를 하고 있는 창구에 제출할 예정이다. 이로써 관공서 업무일이 아니더라도 그날 결혼이 성립된다.

나사의 안색은 혈관이 비칠 정도로 새하얬다. 주치의에게 이제 언제까지 버틸지 모른다는 말까지 들었다.

하지만 나사는 적어도 겉모습만은 죽음이 임박했다고 느껴지지 않았다. 다만 계속 함께 있는 슈세이에겐 느껴졌다. 그녀가 서서히 생기를 잃어가고 있다는 것을.

지금의 나사는 생일날까지 버티는 것이 살기 위한 동기 부여가 되고 있다. 그만큼 남은 시간은 촉박했다.

오늘로 이틀째 그녀는 고형식을 입에 대지 않았다. 바야흐로 링거로 목숨을 부지하고 있는 상태였다.

"신기하다. 배고프지만 먹고 싶지 않고 안 먹어도 잘 살아. 의학은 대단하네."

그런 말을 하면서 나사는 자신의 죽음을 재고 있는 것 같았다.

"근데 소행성은 찾았어?"

"아, 응, 찾았어. 이제 다 됐어."

사실 나사에게 가장 먼저 보고할 이야기인데, 오늘 병실 문을 여는 순간 소행성 이야기는 새까맣게 잊어버렸다. 그만큼 나사는 생기가 없어 보였다.

"전 세계의 천문가와 내 친구가 힘을 모아준 덕분에 궤도요소는 확정됐어. 이제 남은 건 인증 여부뿐이야."

소행성 명명권에 관해서는 스미스소니언협회를 통해 국제천문학연합IAU에서 승인될 필요가 있다. 하지만 방대한 승인 신청 수로 인해 사무 처리가 불가피하게 정체된 상황이다.

"그렇구나. 역시 시간이 걸리는구나."

슈세이의 설명을 들으면서 나사는 조금 씁쓸한 표정을 지었다.

"슈세이 군이 이름을 붙인 소행성 찍고 싶어. 나사가 찍은 나사! 어때?"

"……."

자신에게 시간이 더이상 남아 있지 않다는 것을 나사는 누구보다 잘 알고 있었다. 뭔가 재치 있는 대답을 하려다가 슈세이는 말문이 막혔다.

나사 앞에서 눈물은 흘리지 않기로 마음먹었는데도 소용없었다.

"으윽… 미안……."

말을 잇지 못한 슈세이는 침대 옆에 앉아 씁쓸한 얼굴로 눈물을 흘렸다.

몸을 일으킨 나사는 말없이 슈세이의 머리를 끌어안아 자기 가슴에 갖다 댔다.

"있잖아, 슈세이 군. 들어 봐. 내 심장 소리 기억해 둬. 내가 살든 죽든 얘는 곧 멈출 거야. 그리고 다시는 움직이지 않을 거야. 사랑스럽지? 너무 사랑스러운 소리야. 그러니까 슈세이 군이 이 소리를 분명히 기억해 줬으면 좋겠어……."

살며시 슈세이의 머리를 감싸 안으면서 나사는 말했다. 잠시 둘만의 시간이 조용히 흘렀다.

나사의 심장은 미약하게 뛰고 있었다. 의료인이 아닌 슈세이도 알 수 있을 정도로 그녀의 심장은 영원한 정지를 향해 가고 있었다. 하지만 매우 따스하게 들리는 심장 소리였다.

죽음을 향해 가고 있을 텐데 슈세이에게는 구원의 소리로 들렸다. 그것은 나사가 슈세이의 구원이기 때문일지도 몰랐다.

순간 나사의 가는 팔에 힘이 실렸다.

"살고 싶어… 조금만 더. 슈세이 군과 별을 보고 싶어… 함께 시간 보내고 싶어… 무섭다… 나 무서워……."

툭, 하고 나사의 눈물이 슈세이의 머리에 떨어졌다.

줄곧 속마음을 감추고 밝게 행동하던 나사가 입원 후 처음으로 약한 소리를 냈다. 이제 슈세이가 나사를 꼭 안아 줄 차례였다.

두 사람은 조용히 울었다. 이대로 시간이 영원히 멈췄으면 좋겠다는 생각을 하면서.

이 순간을 슈세이는 평생 잊지 않았다.

오후 들어 나사의 병세가 급변했다. 심장 박동이 급속히 저하되면서 나사는 혼수상태에 빠졌다. 예전에도 몇 번 비슷한 일은 있었지만 이번에는 달랐다.

주치의가 분주히 처치를 했고 병실은 마치 전쟁터 같은 양상을 띠었다. 슈세이도 나사의 부모님도 그저 상황을 지켜볼 수밖에 없다.

"나사…! 나사야…! 적어도 앞으로 3일만 더! 너의 꿈을 이룰 때까지만이라도…!"

시즈쿠 씨의 비통한 외침이 슈세이의 귀에 메아리쳤다. 딸에 대한 어머니의 깊은 사랑이 뼈저리게 전해져 왔다.

나사는 사랑 받고 있다. 친부모님께 마음속 깊은 사랑을 받고 있다. 불과 1달 반이지만 함께 하는 동안 충분히 느낄 수 있었다. 나사의 마음은 사랑과 친절함으로 가득 차 있다. 그렇기 때문에 이렇게 힘든 인생에서 다른 사람에게 사랑을 나눌 수 있었던 것이다.

"빌어먹을……."

더이상 어떤 처치에도 반응하지 않는 나사의 모습을 보다 못한 슈세이는 복도로 나와 벤치에 앉았다.

현대 의료는 나날이 비약적으로 진보하고 있다. 하지

만 이런 기술로도 죽음을 피하지 못하는 생명은 분명히 있다. 슈세이는 이제 나사에게 아무것도 해 줄 수 없다. 스스로의 무력함을 저주할 수밖에 없다.

그때였다.

'띠링'하고 가벼운 사운드로 스마트폰에서 SNS 착신음이 울렸다. 화면을 보니 '1건의 메시지가 있습니다.' 라는 알림이 와 있었다.

예전에 만들기만 해 둔 생명을 이어 주세요! 심장이 필요해요! 계정에 온 메시지였다. 상실감으로 가득한 슈세이는 그 메시지를 열었다.

✉오늘 가족의 생명 유지를 멈췄어요. 환자 본인은 생전에 장기 기증 의지를 보였습니다. 당신의 소중한 사람에게 닿을 수 있을지 모르겠습니다만 그분에게도 행운이 있기를 기원합니다.

슈세이는 눈을 감았다.

줄곧 방치했던 계정이다. 아무런 메시지도 보내지 않았고, 누구와도 연결되어 있지 않던 계정이었다. 그런데 지금 이 세상 어딘가에서 가족을 보내기 전, 메시지를 준 사람이 있다.

이 타이밍에 이런 우연이 있을까. 슈세이는 대답을 해

야 할지 말아야 할지 망설였다.

메시지를 보낸 기증자 앞에는 아마 몇 명의 이식 대기 환자가 있을 것이다. 그러나 심장을 받을 수 있는 건 수많은 대기 환자 중 한 명뿐이다.

"나사한테 와 줘…! 나사의 새로운 심장…! 제발!"

쥐어짜는 듯한 목소리로 기도했다. 칭찬 받을 만한 기도가 아니었다. 그래도 슈세이는 기도했다. 피가 날 정도로 주먹을 쥐고 목이 쉴 때까지 소리쳐도 좋았다.

"제발! 와 줘!" 다만 그렇게 빌고 또 빌었다.

병원 직원 몇 명이 분주히 나사의 병실로 달려갔다. 무슨 일이 있는 건지 슈세이도 달려갔다.

"선생님! 심장이! 기증자 심장이 옵니다! 즉시 응급 수술이 필요합니다!"

"뭐?"

주치의는 놀라움을 감추지 못하는 듯했다. 그리고 슈세이와 나사의 부모님도.

"심장이… 온다."

"아… 하나님…!"

기적이 일어났다.

그 게시 글을 쓰는 건 단념했었고 마음속에만 간직하

고 있었다. 그래도 슈세이의 기도는 나사의 생명에 힘을 실었는지도 모른다.

저 계정이 누군가의 결정에 힘을 실어 주었다. 그렇게 믿고 싶었다.

하지만 기적의 여신은 쉽게 미소를 지어 주지 않았다.

"현재 상태가 나쁩니다… 이틀만 빨랐어도……."

"선생님! 나사는… 무리일까요? 수술은……."

"아뇨. 여기까지 왔으면 하는 수밖에 없어요. 원래 대로라면 이렇게까지 상태가 나쁘면 이식한다 해도 자리를 잘 잡을지 의문이어서 그다음 대기자에게 돌려야 할지도 모릅니다만……."

주치의도 뭔가 결단을 내려야 하는 것 같았다.

"나사의 상태는 아직 이식 코디네이터에게 알리지 않았습니다. 나사의 등록 상황은 아직 '이식 가능'이고 '최고 우선 순위'입니다. 합시다!"

원래 대로라면 냉정한 판단 하에 때로는 비정하다고 여겨지더라도 이식을 중지해야 할 상황이었다.

하지만 주치의는 그러지 않았다. 나사는 사람의 마음을 움직이게 하는 소녀였다.

"기증자 심장은 언제 오는 거야!"

"적출은 끝났습니다. 헬기로 공수 중이니 1시간 안에는!"

"좋아, 인공 심폐기를 달고 버텨 보자! 도착하면 2시간 안에 연결해야 한다! 시간싸움이다! 서둘러…! 어, 뭐야?"

분주히 지시를 내리던 주치의가 갑자기 경악하며 소리를 질렀다.

혼수상태였던 나사가 눈을 뜨고 주치의의 흰 옷자락을 잡아당기고 있었다.

"슈세이 군……."

갑자기 의식을 되찾은 나사는 슈세이를 부르고 있었다. 슈세이는 의식이 희미한 나사에게 서둘러 다가갔다.

"다녀, 올게. 기다리고, 있어 줘."

"응! 기다리고 있을게! 꼭 돌아와야 해! 곧 너는 나의 소중한 아내가 될 거잖아! 기다릴게!"

"응……."

짧게 대답하고 다시 의식을 잃은 나사는 어마어마한 의료기기에 둘러싸여 수술실로 실려갔다.

"이게 마지막 유언이라면 절대 용서하지 않을 거야! 나사!"

모든 조각은 갖추어졌다. 이제 주치의의 손에 맡길 수

밖에 없다. 응급 수술 준비와 함께 가족에게 수술에 대한 설명을 시작했다.

"이식이 성공해도 나사가 살아날 확률은 반반입니다."

주치의는 그렇게 말하며 깊이 고개 숙여 인사하고 자신의 전장으로 향했다. 그저 기다려야만 하는 대기실이 남은 자들의 전장이 됐다.

헬기 소리가 들렸다. 전문 의료를 실시하는 대형 병원은 옥상이 헬기장으로 돼 있어 이식용 장기와 응급처치가 필요한 환자 등을 닥터헬기에 실어 나르고 있다.

심장이 도착한 것 같다.

슈세이는 스마트폰을 꽉 움켜쥐고 몇 번이나 SNS 메시지를 다시 읽었다. 그리고 답장하기로 결심했다.

✉지금 심장이 왔어요.

그 한마디만 간신히 썼다. 상대방도 읽었지만 그 이후로 더이상 회신은 없었다.

수술실 앞 소파에 앉아 있는데 아이스박스를 실은 카트가 눈앞을 지나갔다.

"저게 나사의 새로운……."

현장은 늘 생생하다. 지식으로 알거나 다큐멘터리 프로그램에서 보는 것과는 확연히 다른, 생명을 두고 벌이는 진검승부가 피부로 느껴졌다.

'수술 중' 램프에 불이 들어왔다.

안에서 무슨 일이 일어나는지 머리로는 알 수 있었다.

나사의 작은 몸을 크게 열어 심장을 교환하는, 비의료인 입장에서 보면 무서운 수술이 시작됐다.

조금 전까지만 해도 나사의 몸안에서 울려 퍼지던 그 심장 박동 소리는 이제 멈췄을 것이다. 그리고 영원히 멈춘 채 의료폐기물로 처분될 것이다.

왠지 가슴이 조여들었다.

부드러운 그 소리는 다시는 들을 수 없다. 마음을 하트라고 하고 심장도 하트라고 부른다. 예로부터 인간은 심장 박동 소리로 마음을 느끼고 살아왔는지도 모른다.

새로운 심장의 박동 소리가 나사의 상냥한 마음과 어울렸으면 좋겠다고 진지하게 기도했다.

수술이 시작된 지 2시간이 지났다. 심장이식은 속도 승부다. 인공 심폐기를 통한 생명 유지에는 한계가 있기 때문이다.

기다리는 자에게는 침묵의 시간만이 지나갔다.

슈세이의 스마트폰에서 침묵을 깨는 벨소리가 갑자기 울려 퍼졌다.

"죄송합니다…!"

즉시 벨소리를 끄고 통화를 할 수 있는 다른 장소로 이동해 전화를 받았다. 아키타 씨로부터 걸려 온 전화였다.

"오, 슈세이 군. 희소식이네. 일전 그 게시 글의 추천수가 엄청나게 올라가서 스미스소니언협회와 국제천문연맹IAU이 움직였네. 그 소행성에는 22XOB3이라는 임시 부호와 소행성 번호 345600이 붙었고, 즉시 명명권이 와시가미 슈세이에게 주어진다고 연락을 받았다네."

"…정말인가요?"

"내가 거짓말할 사람으로 보이나. 서양 사람들은 저런 데 약하지 않나. 분위기가 고조되니 하나가 되어 힘을 합친 게지. 하지만 이건 특수한 상황이고 즉시라고는 하지만 수속에 며칠은 걸릴 걸세. 그래서 말이네만 자네의 소중한 사람은 어떤 상황인가?"

"지금 생사의 기로에서 헤매고 있습니다. 심장이식 수술이 한창입니다."

"세상에, 그렇구먼……."

아키타 씨도 할 말을 잃은 듯했다. 하지만 잠깐의 침묵 끝에 결정적인 물음을 던졌다. 슈세이가 제일 바라던 질문이었다.

"그럼 물어볼까? 소행성의 이름을. 내가 전권 대리를 맡았어. 타이요와도 자네와도 인연이 있는 나잖나. 이 이야기의 결말을 들을 자격도 있다고 생각하네만."

계속 듣고 싶었던 질문이었다. 그리고 아키타 씨로부터 그 질문을 들었다.

하지만 슈세이는 스마트폰을 들고 잠시 말을 잇지 못했다. 억누르던 감정이 다 뿜어져 나올 것만 같았기 때문이었다.

"나사……."

몇 박자의 침묵 끝에 슈세이는 멍하니 말했다.

"응?"

"나사로, 부탁드립니다… 와시가미 나사로…! 저는 별이 되고 싶었던 그녀를 별로 만들겠습니다! 그녀에게 해줄 수 있는 게 이것밖에 없어요."

"와시가미…?"

아키타 씨의 목소리가 떨려 오는 것을 느꼈다.

"그렇구나… 그렇구먼…! 알겠네, 슈세이 군. 온 힘을 다해 전 세계 헌터들이 이어 준 하늘을 사용해서 가능한 한 빨리 반영하도록 하세. 권력이나 영향력이라는 게 이럴 때 쓰는 거지 않나. 그렇지? 그게 내가 자네와 그녀에게 줄 선물일세."

"네…! 네…!"

'늦지 않았으려나.'

슈세이는 전화가 끊긴 뒤에도 멍하니 서 있었다.

나사를 별로 만든다, 그 일이 실현된다는 것이 실감이 나기까지 한참 걸렸다. 멍하니 서 있는 동안 '수술 중' 램프가 꺼졌다.

수술은 끝났다. 그러나 주치의는 무거운 어조로 상황을 알렸다. 기적은 그리 쉽게 일어나지 않았다.

슈세이는 운명의 여신에게 저주의 말을 할 수밖에 없었다.

8월 21일 목요일

나사는 집중치료실에서 자고 있었다. 정확하게는 아직 의식이 돌아오지 않았다. 주치의는 수술 후 나사의 부모님과 슈세이를 접견실로 불러 설명했다.

"수술은 성공입니다. 심장도 뛰고 있어요. 아직까지는 거부 반응도 없지만 박동이 약해 집중치료실로 들어간 후

2시간이 지나도록 의식이 돌아오지 않았습니다."

큰 수술 후에는 마취가 풀려도 한동안 의식이 돌아오지 않는 경우가 있는 것 같지만 나사의 경우는 수술 전 상태가 좋지 않았던 것도 있어 세심한 주의를 기울인 관리 체제로 들어갔다.

"적어도 의식이 돌아오면 당장의 위기는 벗어났다고 할 수 있겠습니다."

심장이식이라는 수술 자체는 이제 대중화돼 제대로 된 훈련을 받은 의사라면 실패하는 일은 많지 않다.

이제 기도하는 것만 남았다.

소행성은 발견됐다. 명명권도 거의 확정돼 절차가 끝날 때까지 며칠만 기다리면 소행성 '와시가미 나사'가 탄생한다.

하지만 그걸 나사가 알 수 있을까.

여기까지 왔다. 심장도 이식했다. 앞으로의 나사의 인생은 행복으로 가득 차야 하지 않을까. 슈세이는 그렇게 생각했다.

고비는 넘겼으니 집에 가서 쉬라는 이야기를 들었다.

소행성 발견 확정 축하 메시지는 어제부터 많이 왔다. 그러나 나사가 깨어나지 않으면 그 기쁨을 만끽할 수도 없다.

슈세이는 아무 생각 없이 스마트폰으로 소행성 수색 게시판을 들여다봤다.

게시판에는 나사를 걱정하는 글도 많이 올라와 전 세계 헌터들이 이 이야기의 결말을 주목하고 있음을 알 수 있었다.

-헤이! 슈세이! 소중한 여자친구는 어떻게 된 거야! 그게 너무 궁금한데!

-소행성 발견을 축하해. 꽤 흥미로운 게시 글이었어. 그런데 너의 애인은 무사한가?

-별 볼 일 없는 작은 소행성이지만 이름이 발표되면 난 평생 잊지 못할 거야. 이렇게 떠들썩했으니까. 여자친구와 행복해라.

외국인 특유의 직설적인 축복, 그리고 나사의 상태를 걱정하는 댓글이 줄지어 있었다.

"세계의 하늘은 아직도 이어져 있구나. 아니 앞으로도 쭉, 나사는……."

일련의 소동은 소행성 수색 게시판 이용자들에게 하나의 사건으로 기억될 것이다. 물론 전 인류에 비하면 얼마 되지 않는 사람 수이긴 하지만 '와시가미 나사'라는 이름은 남는다. 이것을 나사에게 알리고 싶다.

더이상 돌아갈 곳은 없다. 나사가 깨어나 다시 한번 말을 주고받을 때까지.

슈세이는 집중치료실 대기실에서 지내기로 결정했다. 주치의와 나사의 부모님에게도 그 뜻을 전했다. 나사의 침대 옆으로 갈 수 있게 되면 알려 달라고.

지금은 아무것도 할 수 없다. 그러나 열심히 바라면 기적을 부른다는 것을 슈세이 스스로가 경험했다. 물론 보증도 약정도 없고 과학적인 근거도 없지만.

다만 우주를 마주하는 사람은 안다. 우주에는 인간이 발전시켜 온 과학 따위는 비웃을 만큼 신의 기운이 충만해 있다는 것을. 인류의 지식으로는 설명할 수 없는 일이 많다는 것을.

그렇다면 기적을 일으키는 건 사람의 마음의 힘일 수도 있다.

"우주는 이어져 있어, 나사. 우리는 이어져 있어. 꼭 살아야 해!"

어느덧 시간 감각은 무색해져 있었다.

슈세이는 그저 유리 너머로 보이는 나사를 향해 기도를 올렸다.

'신이든 악마든 상관없다. 나사와 다시 한번 이야기하고 싶다.'

가로채기 사건도 소행성도 모든 것이 빛 속으로 사라지고 오직 나사의 미소만이 슈세이의 마음을 가득 채웠다.

그리고 드디어 그때가 왔다.

8월 22일 금요일

금요일이 지나기까지 1시간 정도 앞둔 무렵, 나사의 의식이 돌아왔다는 말을 들었다. 대기실에서 반쯤 폐인 상태로 있던 슈세이는 순식간에 정신이 또렷해졌다.

잠깐 동안은 면회를 해도 좋다, 나사를 기운나게 해 줬으면 좋겠다는 말을 들었기 때문에 슈세이는 황급히 간호사를 따라갔다.

잠시 귀가한 나사의 부모님 쪽으로도 연락은 간 것 같지만 마침 이곳에는 슈세이밖에 없었다.

친부모를 제쳐 놓고 제일 먼저 만나는 것이 마음에 걸리긴 했지만 내일이면 슈세이도 나사의 가족이 된다.

"나사, 나야. 알아보겠어?"

병상에는 많은 관과 기계에 연결된 나사가 누워 있었다.

"으, 응……."

어렴풋이 눈을 뜬 나사가 대답했다.

그것만으로도 슈세이의 눈에서 눈물이 쏟아졌다. 슈세이는 눈물샘이 터진 듯 울었다.

"나… 돌아왔어."

"응, 나사야……."

나사의 목소리에는 아직 힘이 없었다. 몸도 움직일 수 없었다.

"내일이 나사 생일이야."

슈세이는 그것을 가장 먼저 전했다.

"그렇구나… 다행이다. 결혼할 수 있, 겠다."

나사가 미소를 지었다. 아주 행복하게.

"응, 물론이지."

심호흡을 하고 나사는 개운한 얼굴로 눈을 감았다. 슈세이는 순간 움찔했지만 나사는 이내 눈을 뜨고 인자한 얼굴로 슈세이를 바라보았다.

"…나 말이야."

작고 가냘픈 목소리가 슈세이의 귓가를 부드럽게 어루만졌다.

"꿈을 꾸었어."

"꿈?"

"응……."

나사는 시선을 천장으로 옮겼다. 그리고 또 먼 곳을 바라보았다.

"슈세이 군과 결혼해서 많은 가족을 이루고 행복이 가득한 꿈."

새벽의 집중치료실은 조용했다.

나사의 심장 박동을 나타내는 심전도 측정기의 전자음이 규칙적으로 울리고 있었다.

"그런데 이상하게 슈세이 군이 발견한 소행성에 말이야, 탐사선이 가는 거야."

"하하."

나사의 꿈 이야기를 들으면서도 슈세이의 눈물은 멈추지 않았다. 안도의 눈물일까. 슈세이도 알 수 없었다.

"그리고 그 탐사선을 내가 만들었다는 거야. 헤헤, 대단하지?"

"대단하네. 나사라면 진짜 할 수 있을 것 같은데?"

"정말…?"

나사는 작게 웃었다. 금방이라도 빛 속으로 사라져버

릴 것 같은 덧없고 아름다운 미소였다. 닿으면 사라져버릴 것 같이 가깝고도 멀게 느껴졌다. 슈세이는 그 미소에 위안을 받았고 그 어느 것보다 사랑스럽게 느껴졌다.

"소행성은, 어떻게 됐, 어?"

"발견 확정이야. 명명권도 받았어. 이제 진짜 다 왔어. 소행성 '와시가미 나사'가 태어나는 거야. 참, 이거 보여 줄까?"

슈세이는 나사에게 소행성 수색 게시판을 보여 줬다. 거기에는 그 순간에도 계속 슈세이와 나사에 대한 성원과 축복이 올라오고 있었다.

"아하하, 영어 못 읽겠어. 하지만 NASA와 SYUSEI가 가득하네."

전 세계가 이어져 있다. 그것을 나사에게도 알려 주고 싶었다.

"나와 나사의 우주는 세계와 이어졌어. 명명도 곧 될거야. 아키타 씨를 비롯한 전 세계 동료들이 힘을 보태 줬으니까."

"다행, 이다. 고마워, 슈세이 군. 나 별이 될 수 있어."

"그래, 그래, 될 수 있어. 그러니까…"

앞으로도 함께 별을 보자는 말은 요란한 알람에 묻혔다.

"슈, 세이군……."

주치의가 달려오는 발소리가 들렸다.

"안 돼, 나사! 정신 차려!"

"너무 졸려… 있잖아, 다음에 일어나면 생일, 이겠지? 그때는 우리, 맹세의 키스를 하자. 약속은 많은 것이 좋, 으니까……."

"안 돼, 안 돼!"

슈세이는 나사의 가는 손가락을 잡았다. 하염없이 눈물이 넘쳐 흘렀다.

"나사야, 아까 말한 꿈도 꼭 이루자. 약속은 많은 게 좋으니까! 나는…!"

길고 긴 알람음이 울렸다.

8월 23일 0시 05분(JST)/8월 22일 15시 05분(UTC) 와시가미 나사는 별이 되었다.

그리고…….

"탐사 위성 프로미스PROMISE가 소행성에 착륙하려 합니다!"

그날은 온 세상이 들끓었다.

나사NASA와 일본 우주항공연구개발기구JAXA의 공동 프로젝트에 따라 소행성-혜성 '와시가미 나사WASHIGAMI NASA'에 탐사선을 보냈고 오늘은 착륙의 순간을 전 세계 동시 생중계하는 날이었다.

과거 역주행 소행성으로 발견된 이 별은 나중에 여러 차례 궤도요소가 바뀌는 등 혜성으로서의 면모를 보였다.

게다가 올해 8월 16일에 지구 근방 불과 450,000km의 근접 거리를 통과하는 것이 바야흐로 천체 궤도 계산의 세계적 권위자가 된 히나타 미츠히코의 계산에 의해 사전에 제시되었기 때문에 이번에 타깃이 되었다.

1.5광초라고 하는 천문학적으로는 지구의 초근접 거리를 지나는 것으로, 소행성이자 혜성이기도 한 천체에 세계 최초로 착륙하는 순간이 생중계되는 것이다.

이미 혜성으로서의 활동을 마쳤지만 소행성에서 혜성으로 모습을 바꾼 천체에 대한 탐색 생중계는 큰 기대를 모았다.

와시가미 슈세이는 우드 데크에 놓인 안락의자에 앉아 밤하늘을 올려다보며 중계 프로그램을 듣고 있었다.

나이가 지긋하게 든 슈세이는 그저 별을 바라보았다.

마치 꿈꾸는 기분이 들었기 때문이다. 지금까지 많은 소행성을 발견했고 혜성과 태양계 밖의 행성까지 발견했다.

천문학자로서의 삶은 성공적이었기 때문에 다행이었다.

그리고 이들 중 슈세이의 천문학자 인생의 계기가 된 소행성 '와시가미 나사'는 기이하게도 혜성으로도 정식 등록돼 현재까지도 우주를 누비고 있다. 그것을 맨눈으로 볼 수 있는 시기는 이미 지났다. 하지만 확실히 한 세상을 풍미하고 천공에 유난히 밝게 빛나 아름다운 꼬리를 휘날리며 전 세계인의 시선을 사로잡았다. 그리고 지금은 그저 조용히 눈앞에 펼쳐진 이 하늘 속에 우주와 이어져 있다.

바야흐로 꿈의 결정이라고 할 만한 탐사선이 그 별에 도착하려 하고 있었다.

"약속은 많은 게 좋아."

그렇게 계속 말한 나사는 항상 약속을 지켰다. 그녀의 약속은 이렇게 오랜 시간이 지나도 세계를 열광하게 했다.

"이름은 중요해."

나사는 평생 남편을 슈세이 군이라고 계속 불렀다.

TV에서는 탐사선과 '와시가미 나사'의 랑데부 모습이

중계되고 있었다.

"할아버지, 식사하세요."

아이 목소리가 들렸다.

"슈세이 할아버지라고 불러야지."

"슈세이 할아버지, 자고 있는데?"

"보고 있어?"

이렇게 묻는 낭랑한 목소리가 뇌리에 울려 퍼진다.

"맞아, 보고 있어. 네 꿈의 성과를 말이야." 하고 꿈꾸는 기분으로 슈세이는 답한다.

"시간이 다 됐어. 자, 어서 와, 슈세이 군."

슈세이는 몸을 일으킨다.

탁탁, 하고 슬리퍼를 신고 데크 위를 걸어가는 소리가 난다.

마음도 생명도 이어진다. 그것은 나사가 보여 주고 슈세이가 지킨 것이다.

"벌써 졸려? 슈세이 군."

멀리서 너무 기분 좋은 목소리가 들려온다.

사랑스러운 아내의 속삭임에 몸을 맡기고 슈세이는 조용히 마음을 내려놓는다.

"잘 자, 사랑해. 기다리는 시간도 즐거웠어."

하고 부드러운 목소리가 슈세이를 감싸안는다.

하늘은 전 세계에 이어져 있다.

단 하나의 점에서 시작된 우주는 모든 생명과 이어져 있다. 그러니 어떤 기적이 일어나도 이상한 일은 하나도 없다.

하늘은 어디까지나 끝없는 우주 너머로 이어져 있다. 모든 사람, 모든 생물이 올려다보는 하늘은 모두 이어져 있다. 생명은 우주로 반드시 이어진다. 그리고 누구나 이윽고 우주로 돌아간다.

조용히 찰나의 만남을 맞이한 두 별은 이 우주를 잠시 비췄을 뿐일지도 모른다. 하지만 그들이 낸 빛은 분명 찬란함 그 자체였다.

별이 되고 싶었던 너와

초판 1쇄 | 2023년 5월 17일
초판 2쇄 | 2024년 5월 27일

지 은 이 | 유호 니무
옮 긴 이 | 박주아
펴 낸 이 | 서장혁
책임편집 | 원예지
편 집 | 원수연
디 자 인 | 이새봄

펴 낸 곳 | 토마토출판사
주 소 | 서울시 마포구 양화로161 케이스퀘어 727호
T E L | 1544-5383
홈페이지 | www.tomato4u.com
E-mail | story@tomato4u.com
등 록 | 2012. 1. 11.
I S B N | 979-11-92603-25-4 (03830)